# 何もかも憂鬱な夜に

中村文則

集英社文庫

# 何もかも憂鬱な夜に

一羽の赤い鳥を飼っていた。

その赤は、こちらが不安に思うほど、鮮やかで日に眩《まぶ》しかった。赤い鳥はカゴの中でエサを食べ、水をすくい、飛ぶ代わりに跳ねるように動いた。幼い僕の手のひらでも、力を入れて握れば潰れてしまうと思えるほど、その鳥は細く、小さかった。

その赤は、僕に命を連想させ、その小ささに、僕は不安になったのかもしれない。鳥自体が命であるのに、色からも連想したのは、いかにも子供だったのだろうと思う。鳥は、蛇に飲まれて死んだ。僕が生涯で初めて意識した命は、僕達の過失によって、簡単に終わることになった。

当時、僕を育てていた大人達の声で、僕は目を覚ました。声は何かを相談するようで、その頃の僕は、そういった小さく隠すような声ほど、よく聞こえる耳をもっていた。ため息と、「とにかく、何とかしなければ」という、空気に紛《まぎ》れる言葉が聞き取れた。それは不吉な言葉だった。僕は寝た振りをする勇気がなく、その会話を終わらせるために、わざと、大人達の前に姿を見せることにした。あの時自分がゆっくり動いたのか、素早く動いたのかは、覚えていない。その時、僕は鳥が死んだことを知った。

腹を膨らませた蛇が、カゴの中で力なく横たわっていた。飛び散った羽毛が、あの小さな身体《からだ》にこれだけの量があったのかと不安に思うほど、カゴの下に広がっていた。蛇は鳥を飲んだため腹が膨らみ、そのことにより、カゴの格子の隙間から出られなくなっていた。あの時の蛇の表情を、僕はよく覚えている。満足した笑み、というのではなく、悲しい、というのでもなかった。その表情は、無表情だった。まるでこの現実を全て受け止めたかのような、こうなることが、わかっていたかのような、蛇という自分の存在の全てを、自覚しているというような、諦めとも、覚悟とも取れる、動きのない表情だった。僕は、その蛇の無表情を見ながら、胸がざわついていた。苛々《いらいら》していた、と言ってもいいかもしれない。蛇は腹を膨らませた無残な姿を、世界に向かって無防備にさらしていた。まるで、そこだけ悪意のある何かによって、照らされているかのように。その姿を、脇に立つように大人達と僕は見ていた。大人の男はカゴを開け、ビニールの手袋をつけた手で蛇を取り出し、バケツに入れ、熱湯をかけた。蛇に反撃されないための処置だったが、僕の見る限り、蛇には反撃の意志はないように思えた。蛇は男に尾の辺りをつかまれ、ブラブラと、ただ頭を地面に向けたまま、力なく左右に揺れた。男は刃物で蛇の腹を裂き、中の、身体の大部分が溶けかかっていた小鳥を取り出して埋めた。僕はその蛇に当然のように与えられた罰を、ずっと見ていた。恐ろしかったかどうかは、覚えていない。蛇の死体はビニール袋に入れられ、川に流された。なぜ埋めなかったのか、ゴミとして棄《す》てなかったのか、僕は今でもわからない。

　僕の最も古い記憶は、海だった。だが、僕はその頃、海に行ったことはないはずだった。原色のように記憶されている、一つの映像がある。海に浸っている砂浜で、片膝を立ててしゃがみ、その右足の太股《ふともも》に仰向《あおむ》けの大人の女を、その背骨の辺りを乗せて支えているという光景。女は全裸で、死んでいて、僕はその死んだ女に、何かをしようとしている。それを僕は、悲惨な思いで、周囲に見られやしないかと、恐れている。視点は二つあり、一つは、片膝を立てて、海に足を浸しながら、女を間近に見ている自分、もう一つは、その僕の状態を遠くから、小高くなっている場所から、緑の茂みを挟んで見ている自分。僕はよく、大人達に、僕は女を殺したかもしれない、と語りかけた。僕は海で女を殺して、そして、ひょっとしたら、そこで何かをしようとしたかもしれない。その度に、大人達は否定した。あなたは海に行ったことがない。私達があなたの親になった時、あなたはまだ幼かったから、一人で行動などできるわけがない。少なくとも、私達は常にあなたを見ていたし、そもそも、歩いていける距離に海などない。

僕は蛇の事件があった後、その海辺の記憶を思い出した。これまで鳥をずっと見ていたはずなのに、自分が大人達に飼われていたという自覚がなかったとは滑稽だと思いながら。それから僕の脳裏には、ゆっくりと、一つの映像が浮かぶようになった。僕はこの部屋で夜中に一人で、動かない裸の女を太股に乗せて、何かをしようとしている。誰かに見られやしないかと、恐れながら。そして、何をするかわからないが、自分の思いを遂げたその後、無残な気持ちで、無残な自分の状態のまま、朝になって大人達に発見される。大人達は驚き、諦めながら、僕を眺め続ける。僕はうなだれて無表情となる。その時間は、恐ろしく長いだろうと予想される。そして、小さな声が、聞こえてくる。「とにかく、何とかしなければ」という、彼らの相談する、ひそひそとした声が。

# 1

「自殺と犯罪は、世界に負けることだから」

あの時、あの人は、僕の頭をつかんでそう言った。僕のまだ幼い頭は、彼の手によって、簡単に押さえつけられていた。僕は歯を強く嚙《か》みしめ、見られた恥ずかしさに打ちのめされながら、あの手の大きさを、意識し続けていた。あの暴力的に力の込められた腕の感触は、しかし悪いものではなかった。遊んでいたんだ、と僕は言った。施設のベランダの柵《さく》の上を歩く、度胸を試したんだと言った。外付けの配水管を伝って、広場に出るためだとも言った。しかし、彼の強い腕の力は、僕のいくつもの言葉を無視し、ただ僕を押さえ続けていた。

恵子が、目の前で何かを話し続けている。彼女は言葉を強調するように右手を動かし、グラスをつかみ、僕の顔を確認しながら笑った。グラスを響かせる音や笑い声が入り交ざり、頭が酷《ひど》く痛んでいた。あの人は、あの時こうも言ったはずだった。「社会を見返せばいい。純粋な人間になんて、ならなくてもいい」

まだ喋《しゃべ》っている恵子の赤い唇と目が、アルコールのために濡《ぬ》れているのが見えた。その僅《わず》かな水分は、照明の光を反射して奇妙なほど、僕を苛々させて仕方なかった。「そうでしょう」と言われ、僕は首を横に振った。席を立とうとすると、足に力が入らなかった。グラスに残ったウイスキーを眺めながら、なぜか、自分はそれを全て飲まなければならないような気がしていた。グラスをつかみ、全て飲むと、恵子が何かを言った。辺りの客の声が大きくなり、僕は答える必要を感じなかった。

テーブルの間を抜け、いくつもの足に当たりながら、トイレを探す。ドアを開けると、洗面台の下に、酔って座り込んでいる、灰色のスーツを着た男がいた。心臓の鼓動が、少しずつ速くなっていた。男の顔は、ここからは見えなかった。なぜだかわからないが、その男は、ずっとこの場所で自分を待っていたように思えた。男は何かの水分で濡れ、脱ぎ捨てられた服のように、無残に、力のない手足をだらりと投げ出していた。僕は足でその頭部を何度か触り、少し踏んだが、男の反応はなかった。

僕は、彼を蹴ろうと思っていた。彼を蹴れば、なぜか、気持ちが落ち着くように思えた。酔った自分が、鏡に見える。後頭部の辺りが、痺《しび》れたようにひんやりとした。僕は男を軽く蹴り、反応がないのに胸がざわつき、強く蹴った。男は黙り続け、それどころではないというように、こちらの顔を見ることもなかった。僕は男に何かを言おうとしたが、言葉を見つけることができないまま、トイレの個室に入り、何度か吐いた。洗面所に戻ると、彼はいなくなっていた。

カウンターに戻り、ウイスキーを注文し、一息で飲んだ。喉が焼けるようで、頭が揺れたようにぼんやりとした。恵子が遮る様子でこちらを向いた時、彼女の白い首に、青い血管の筋が浮き出ているのが見えた。僕は、それをいつも美しいと思った。あの人の額にも、同じような血管があったことを思った。彼女は、なぜかもう笑っていなかった。

「少しは、酔い醒《さ》めた？」

彼女の声は高く掠《かす》れ、いつも美しかった。

「何が？」

「わたし、結婚するんだよ」

隣の客達が、こちらとは無関係に笑った。通りかかった店員が、微《かす》かにこちらを向く。隣のテーブルでグラスが倒れ、カクテルの黄色い液体が、ゆっくりと床にこぼれている。僕は、その徐々に広がる水の溜《た》まりを、ぼんやりと見ていた。

「……何で？」

「何でって、凄《すご》いこと言うね」

目の前が霞《かす》んだが、顔を上げると、なぜか彼女の顔だけははっきり見えた。恵子はグラスに口を付け、こちらを向いている。飲み込んでいくアルコールで、彼女の細い喉が脈打つように動いていた。

「会社員。真面目《まじめ》な感じの人だよ」

「……本当に？」

「うん。こんなこと、冗談で言わないし」

僕は何かを考えようとしたが、上手《うま》くいかなかった。なぜだかわからないが、さっきの男の姿が浮かんだ。

「もう出よう。続きは部屋で聞くよ」

「結婚するんだって。もう呼べないよ」

「何で？」

店の音楽が変わり、何かのジャズになった。僕は目の前のクラッカーを手に取り、しばらく見ていたが、食べる気が起こらなかった。さっきの男の姿がまた浮かび、不快な気分になった。彼が、まだそこで自分を待っているような気がした。

「……来週、来るでしょう？　真下《ました》君の十三回忌」

「あ？　……もうそんな」

「うん。みんな来ると思うよ。……いい大人だよね。もうすぐ三十」

後頭部の辺りが、また痺れたように冷たくなった。

「仕事は、忙しい？」

「……まあ」

「でも、よくやってるよね。相手は犯罪者なのに、怖くないの？　でも給料いいでしょ。刑務官って公務員だし」

店のオレンジの照明が、目の裏に残るほど強く見える。

「安いよ。ていうか、そんなこと聞くんだ」

「うん。結婚するから、そういうのが気になるんだよ」

僕が伝票をつかむと、恵子はベージュのコートを身体にまとった。ふらつく僕の腕をつかもうとしたが、素振りだけで、彼女はすぐに手を止めた。僕は彼女を見ないようにしながら、会計を済まして店を出る。タバコに火をつけると、恵子はタクシーを拾った。

「そんなにお酒弱かったっけ？」

「ん？」

「先乗るね」

彼女は、そのまま手も振らずタクシーに乗った。

外が寒いと気づき、コートのボタンをとめた。アルコールで熱くなった肌を苛《さいな》むように、強い風が吹いていた。僕はしばらくその場に立っていたが、タクシーは来る気配もなかった。

ここで待っていれば、さっきの男が、自分の肩を叩《たた》くような気がした。僕のやったことにふさわしい仕返しをするために、何か思いもよらない復讐《ふくしゅう》を、考えているかもしれないと思った。僕があの人に押さえつけられた日も、外の空気は今のように冷えていた。「人生は、その人間がやってしまったことを見逃すことはない」あの人は、僕によくそう言った。そして、それはその後の僕の人生を、そのまま言い当てている言葉だった。

タクシーを見つけ手を挙げ、白い座席に座る。運転手は何かを言ったが、僕には意味がわからなかった。外を見ていると、彼は何かを言い続け、しつこく、それをいつまでもやめなかった。運転手は身を乗り出すようにしながら、「だから、どこ」と言った。僕は、恵子はどこに行ったのだろうと思った。彼女がどうやって帰ったのか、店をどのように出たのか、思い出すことができなかった。運転手の短い髪の奥の、白く粘るような皮膚が、汗で微かに光っていた。僕はしばらく迷い、どこも思いつくことができないまま、自分の部屋の住所を言った。

## 2

身体を伸ばし主任に敬礼したが、主任は自分より早く、厳しく敬礼を返したように思えた。

頭痛がし、身体がだるく、上手く力が入らなかった。普段なら、人員報告をしなければならないが、静寂を保った夜の舎房では、これ以上用はないはずだった。だが、主任はこちらの目を見、左手を微かに廊下の先へ向けた。叱責を受けるだろう、と思った。僕は担当台から離れ、自分の姿勢を意識することしかできなかった。

主任を先導するように、暗がりの雑居舎房の廊下を歩く。昨日のアルコールが汗となり、身体を少しずつ濡らしているような気がした。自分の足音と主任の足音の違いを感じながら、問題がなければいい、と思った。今日はまだ、一度も巡回をしていなかった。廊下の硬いトビラのカギを開け、主任を通した。この暗がりの渡り廊下をさらに進むと、また同じように、雑居房が並んでいる。カギをゆっくりかけると、主任がこちらに向き直った。

「……酒でも、飲んだか」

押し殺しているが、いつも主任の声はよく通った。

「……申し訳ございません」

「飲むのが悪いんじゃない。酷い顔をしてる。顔を洗ってこい」

「はい」

主任が近づき、僕はもう一度、自分の姿勢を意識した。

「……山井《やまい》のことだが」

「はい」

「やはり、控訴しないらしい。……夜でも起きてるというが、相変わらずか」

僕は再び肯定の返事をしたが、本当は、よくわからなかった。要注意者、要視察者のいる四階の独居舎房は、特別なことがない限り、足早に通り過ぎていた。トラブルに巻き込まれ損をするのは、いつも現場の職員だった。

「あいつは、まだ二十歳《はたち》だろう。十四日の控訴期限が切れたら、死刑が確定する。どういうつもりなんだ」

「……わかりません」

「……どう思う？」

主任と目を合わせると、いつも息が苦しかった。

「……自分で、決めたことですから」

「昔のお前は、そんな風に言わなかったが」

厚く、ざらついたコンクリートの壁が、左右から圧迫するようだった。配水管を流れる水の音が、遠くから聞こえる。水は天井を流れ、壁を伝い、やがて床の下へと流れるのだと思った。

「申し訳ございません」

「……謝るな。夜勤に配置されたばかりで荷が重いかもしれんが、注意してくれ。

巡回の時、起きてるようなら話しかけろ。収音マイクは気にするな。担当に言ってある」

「……はい」

「あと、来週から残業頼めるか」

「……え？」

「佐伯《さえき》が入院することになった。……しばらく無理だろう。昼まででいい」

「はい」

「しっかりやってくれ。お前には期待しているんだ。……最近聞いてなかったが、弟さんは」

疲れた主任の目は赤黒く、僅かに濡れていた。主任はいつも、自分の言葉を真剣につかい、人の言葉も真剣に聞いた。

「いえ、もう探すのは……」

主任を見送り、カギを開けてまた雑居舎房の廊下に戻った。足が不意に重くなり、こめかみが締めつけられるようで、頭の痛みが酷くなった。「叱られた」と声が聞こえ、雑居房の一つから、噛み殺した笑い声が聞こえた。何かを言おうとしたが、主任が戻ると思いやめることにした。不意に視界が揺れ、吐き気を覚えたが、何とか耐えた。声はふざけたように変えていたが、新嶋《にいじま》であるとわかっていた。窃盗をし、今回は、執行猶予中での犯行だった。彼は、拘置所を舐《な》めていた。逮捕が初めての収容者は、規則通り動くが、他の者は、そうはいかなかった。ここは、規律が乱れていた。懲罰もほとんどなく、そのことを、常連の収容者はよく知っていた。

　警察に逮捕されると、まず警察署内の、留置場に留置される。それから検察に起訴されると、このような拘置所に収容され、その状態のまま、裁判が始まることになった。判決が確定し実刑となれば、すぐ刑務所に行くが、判決を待っている被告人を収容する拘置所は、後に行くことになる刑務所より規律が緩かった。刑務所に行かず、執行猶予でこのまま釈放される者も多いから、下手《へた》なことをすると、それはすぐ外部に漏れた。

　拘置所の被収容者と刑務官のトラブルでは、刑務官が不利になることが多かった。その裁量も全て幹部の判断だったが、ここの幹部は、ほとんど何もしていなかった。中間監督者の主任以下の職員と、幹部達の間には、明確な溝があった。トップである所長の姿はほとんど見ることなく、首席や処遇部長も、何かの影のようにあまり部屋から出ることがなかった。

担当台に手をつきながら、タバコを吸いたいと思った。汗で濡れた制服から、はっきりとアルコールの臭いがした。新嶋のいる雑居房から、まだ微かに息のような笑い声が漏れている。トラブルは、無視することで、トラブルではなくなった。革手錠の使用許可も、なかなか出なかった。自分達は暴れる収容者を、道具もなく、身体で押さえつけなければならなかった。他所《よそ》で様々な事件があってから、幹部の恐れているのはトラブルだった。幹部は出世していき、現場を離れ、矯正管区長にまでなる者もいた。

書類をまとめ、巡回のために廊下を歩く。新嶋のいる雑居房を足早に通り過ぎ、トビラのカギを開け、暗がりの渡り廊下の向こうの、さらに続く雑居舎房の廊下を歩いた。廊下は硬く、冷気を含み、暗闇の中で浮かび上がるように見えた。奥の雑居房の報知器が出ているのを確認し、ゆっくり向かった。この部屋は、六人用の空間に、八人が収容されていた。三人が布団の上に座り、その三つの果物のような頭部が、こちらを見ると微かに笑った。

「何の用だ」

「……缶詰を、開けて欲しいです」

地肌が見えるほど髪を短くした佐藤が、布団の上で、自弁で購入した缶詰を握っていた。布団に入り寝た振りをしていた他の者が、一斉に笑った。

「……ふざけるな。明日にしろ」

「前の担当は、やってくれたんですよ」

「早く寝ろ」

佐藤は、暴力団の準構成員で、刑務官に臆することがなかった。新しく配置された自分を、歯茎を出しながら愉快そうに眺めていた。歩きかけるとまた何かを言い、不快な気分になったが、抑えることにした。他の雑居房は、全て寝入っているようだった。廊下のトビラを開け、ゆっくり階段を上がった。残る四階の独居舎房が、夜勤での自分の担当だった。

暗がりの階段を上がる自分の靴音が、静寂の中で、辺りに微かに響いていた。服役囚のかけたモップの水が、拭き取られずに、階段を酷く濡らしている。それらの汚れた水分は、まるで自ら動くように、ゆっくりと階段から垂れていた。トビラのカギを開けて廊下を進み、独居房を一つ一つ確認する。足早に歩いたが、異状はないと思うことにした。トビラをさらに開け、また独居房が並ぶ廊下に出た。手前の独居房にいる竹下が、不自然に目をきつく閉じ、唇も閉じていた。覚醒剤で捕まった竹下は、まだ初犯で、規律通りに動いていた。職員が来たことに気づき、微かに恐怖を感じながら、寝た振りをしているのだろうと思った。こういう真面目な男は厳しくしたくなる、と同僚が言っていたことを思い出した。

廊下の中央まで来て、意識的に、主任の言葉を思い出していた。山井が布団から出て、壁にもたれていた。僕は、自分の胸がざわついていくのを、彼を見下ろしながら抑えようとしていた。五ワットの弱々しい明かりに浮かび上がるように、彼のいびつな影が壁に伸びている。人を殺した人間にしては、山井の顔は幼な過ぎた。十八の時会社員の夫婦を殺し、厳罰を叫ぶマスコミの騒ぎの中で、地裁で死刑の判決を受けた。立ち止まった僕に気づき、山井は首を傾けた。自分とは関係のない人間を、敵意すらなく、完全な無関心によって眺めるような日だった。遠くで、また配水管を流れる、水の音が響いている。この目には覚えがあった。昔の自分の目だった。

「……何をしてる」

僕はそう言ったが、山井はこちらを見続けているだけだった。髪が長く、痩せて背も高くない彼は、十五や十六歳と言っても、おかしくなかった。

「布団に入れ。眠るんだ」

山井は反応しなかった。喋る僕を、というより、僕の身体の向こうの灰色の壁を、眺めているように思えた。僕は、怒りを覚えた。マスコミを騒がす事件を起こし、要注意者として収容されている者は、慎重な対応をしなければならなかった。だが、そんなことは、どうでもいいように思えた。

「なぜ控訴しない」

山井は、まだ僕の向こうの壁を、眺め続けていた。彼の目は、いつまでも視線を変えることなく、焦点が合っているのか、わからなかった。

「死にたければ、勝手に死ねばいい」

僕はそう言い、独居房の収音マイクを気にしながら、廊下を歩いた。

## 3

目が覚めると、汗で身体が濡れていた。

あるいは、目が覚めたわけではないようにも思えた。さっきまでの風景が、夢だったのか、自分で思い浮かべていたのか、わからなかった。海岸で足首や膝を濡らしながら、僕は女の身体を、太股や腕で支えていた。波の動きは緩やかで、温かさや冷たさを失ったように、水の温度は生ぬるく、肌にまとわりついて仕方なかった。実際には、なかったはずの光景だった。なぜ今頃思い出すのか、僕にはわからなかった。幼かった自分にとって、時間的にも、場所的にも、筋力を考えても、不可能な行為だった。

ベッドの脇の時計を見ると、午前の二時だった。休日も、夜勤に身体を合わせなければならないが、無駄であるとわかっていた。自分は上手く眠ることはできないし、どれだけ眠っていなかったとしても、それは同じだった。午前八時に夜勤を終え、アパートに戻ってから、自分はまだ満足に眠っていなかった。

天井を眺めながら、タバコに火をつける。ハイフェッツのCDをかけてすぐに消し、フェリーニのDVDをセットしたが、画面がつくと同時に電源を切った。胸がさわぎ、何かをしなければならないと思ったが、何もすることができなかった。寝返りをうち、眠ろうとし、それができずまた寝返りをうった。携帯電話をつかみ、タバコを吸いながら、しばらく眺めていた。恵子に何かメールしようと思ったが、不自然ではない用事を、思いつくことができなかった。結婚するのだ、と彼女は言った。前後はぼやけていたが、あの時の彼女の言葉だけは覚えていた。僕はベッドから起き上がり、またタバコを吸い、またCDをかけようとしてすぐに消した。吸殻を捨て、財布をつかんで外に出た。

外は、微かに雨が降っていた。傘をさし、アパートの脇の自動販売機で缶コーヒーを買った。雨は風で揺れながら、辺りを少しずつ濡らしている。僕は傘をさしながら、ゆっくりと、アスファルトの道を歩いた。行き先はなかったが、部屋に戻りたいとは思えなかった。

いつからこうやって歩くようになったのか、僕は考えていた。乳児院から人のよい夫婦に預けられた後、僕はよく夫婦の目を盗み、歩いていた。まだ力のない足を前に動かし、自分の身体を移動させていた。小さかった自分にとって、道は巨大で、街も巨大だった。電信柱は見上げるのが難しいほど高く、木々は大きく風に揺れ、白いガードレールは僕の視界の邪魔をし続けた。巨大なものの中を歩くことに絶望を感じながら、僕は歩き続けた。だが、いくら歩いても、自分がまだ巨大な街の中にいることはわかっていた。

自分の移動は、いつもその夫婦の女に抱き取られ、終わることになった。彼女達は、僕を叱ることがなかった。当惑した顔で、彼女達は僕を部屋の中に入れた。

その後、その夫婦が僕を手放し、施設に入ってからは、運動靴を気にするようになった。自分の運動靴は、他の子供より早くすり減り、使い物にならなくなった。一度、職員に靴を大事にするよう注意を受けた時、施設長だったあの人は、その職員を強い言葉で叱った。翌日、あの人は、新しい三足の運動靴を、僕の前に放り投げた。その白は、鮮やかで美しかった。その白は眩しく、僕の目の奥を刺激するようで、僕は目が痛くなるのを我慢していた。靴はすり減らすためにあるんだ、とあの人は言った。お前がはき潰す度に、部屋に褒美のシールを貼《は》ってやる。あの人はそう言い、本当に大きなシールを部屋に貼った。

マンションのゴミ捨て場の脇を右に曲がり、駐輪場を左に曲がり、踏み切りを通り過ぎた。民家が並ぶ小道を抜け、T字路を右に曲がり、シャッターの下りた店が並ぶ、狭い道を歩いた。水溜《みずたま》りを踏む自分の足を意識しながら、タバコに火をつけ、僕はどこにいけばいいのか、わからなくなった。T字路まで戻ればいいのか、踏み切りまで戻ればいいのか、部屋まで戻ればいいのか、わからなかった。前を向くと、男が、地面にしゃがみ込んで僕を見ていた。僕の正面に居座るように、雨に濡れながら、奇妙にかがんだ姿勢でこちらを見ているのだった。僕は驚いたが、男は、こちらを見ているわけではなかった。道にしゃがんでいるわけでもなく、正面に居座っているわけでもなかった。自動販売機にもたれるように、男が倒れていた。僕はさっきの印象に迷いながら、胸がざわついていた。男は雨に濡れ、自動販売機の光に否応《いやおう》なく照らされながら、手足を力なく投げ出している。僕は、男にゆっくり近づいた。男の顔は、ここから見えなかった。前にも同じことがあったような気がしたが、よく思い出せなかった。男はそれどころではないというように、こちらの顔を見ることもなかった。僕は、男を蹴ろうと思っていた。彼を蹴れば、なぜか、気持ちが落ち着くように思えた。息を吸い、少し躊躇《ちゆうちよ》し、男の足を軽く蹴った。男が顔を上げ、目が合った。手足が痺れ、自分が緊張していくのを感じた。この目にも、覚えがあるように思った。諦めとも、覚悟ともとれる、動きのない目つきだった。無残な姿のまま、自分の存在の全てを受け止めたかのような、力のない、無表情だった。あの鳥を飲み、夫婦の男に腹を裂かれた蛇の、というより、自分に親しい表情のように思えた。だが、男はこちらを向いていたわけではなかった。僕は意識が遠くなり、しかし誰かに呼ばれたように、目を開いていた。もう一度蹴ると、男は何かをうめき、こちらを向いたが、それはさっきのような、どこかに辿《たど》り着いた表情ではなかった。赤黒い顔をした、まだ若い男だった。濡れた目で、驚いたようにこちらを見ている。

「……何をしてる」

僕は、なぜかそう呼びかけていた。男の身体から、濃いアルコールの臭いがした。

「何をしてる」

「何が?」

男が面倒くさそうに自分を見ていた。僕は、自分が何をしているのか、何を言おうとしているのか、わからなかった。

「死ぬぞ」

「は?」

雨が強くなり、男が顔をしかめた。男の着ているスーツは、これ以上水を吸い込むことができないほど濡れ、その全てが、何か粘りのある液体のようだった。

僕は、自分の靴から水が染み込んでくるのを、なぜか意識し続けていた。肩が濡れ、前から入り込む雨で、腰や膝が濡れている。僕は、再び緊張していく自分に、気がついていた。男の首が、無防備に曝《さら》されているのだった。その男の首の致命的な管が、世界に対してむき出しに、こちらに迫っているように思えた。僕は、自分が傘を強く握っているのに気づき、目を逸《そ》らしながら息を吸った。アスファルトのざらついた地面に、自分の靴の底がこすれた。僅かな砂と水が混ざり合い、温度を含むような、微かな音を立てた。僕は、顔に笑みを浮かべようとした。これは全て、つまらないことであるのだと、誰かに言うように思った。

僕は男の前を通り過ぎた。つまらないことであるともう一度思いながら、治まっていく自分の鼓動を、意識し続けた。

## 4

目を開けるとまだ車の中にいた。

恵子は神経質に目を細めながら、僕が起きたのを意識しないかのように、前を向いたままハンドルを握っていた。僕はタバコに火をつけ、自分が思ったより深く、夢も見ず眠っていたのを思った。恵子はタバコを取り出し、仕方がないというように火をつけた。彼女は禁煙を繰り返していたが、いつもすぐ吸い始めた。

車内のスピーカーからは、レニー・クラヴィッツや、マルーン5がランダムに流れていた。趣味が変わったのか聞こうとしたが、やめることにした。読みかけのベケットの戯曲を手に取り、読もうとしてやめた。雨は、まだ微かに降り続いている。空気の流れに押されるように、塵《ちり》のような雨が不規則に地面に落ちた。

「……前から言おうと思ってたんだけど」

「ん？」

「……車買えば？　もう乗せてくれる人も、いなくなるんだし」

車は国道を抜け、県道の坂を上り始めた。真下の墓は、県境の山の、静かな霊園の中にあった。来る度に、この辺りは寂れていくように思えた。去年まであった食堂が不自然なさら地になり、シャッターの閉まった店が増え、自分達の他に、走る自動車もない。音もなく、ただ雨だけが動いているような気がした。人のいない土地に雨が降り続くのを、僕はなぜか奇妙だと思った。

「……真下君さ」

タバコを吸い終えた恵子が、前を向いたまま言った。

「最近思うんだけど。施設にいたら、違ってたんじゃないかって。……わたしとか、あなたみたいに。まあ、わたしはちょっとしかいなかったけど」

「……なんで？」

「あそこにいれば、一人じゃないでしょう？　……様子だってわかるし、施設長さんだっているし」

「うん……、だけど」

「ん……、まあ、そうだけど」

県道の坂が急になり、雨で崩れた土砂が、アスファルトの道路にまで伸びていた。自動販売機が見え、僕は降りると言ったが、彼女は遅れると呟《つぶや》いてアクセルを踏んだ。自分達が街を出てから、もう四時間が過ぎている。

「……十三回忌なんだから、お坊さんとか呼んで、ちゃんとした方が、本当は」

「まあ」

「うん、だってあの親とか、絶対しないでしょう？　世間体とか、そういうの」

「いいんじゃないか、あいつ、無神論者だったし」

「無神論でも自殺するの？」

「知らないよ」

車が坂を上りきると、左に霊園が見えた。細い道を徐行し駐車場まで来ると、高村が歩み寄ってきた。傘をさし、花の入った袋を無造作に持っている。高村はいつものように、趣味のいい、雑誌で見かけるようなスーツを着ていた。恵子は高村を見ながら、あなたも見習った方がいいと笑った。

「久しぶり……でもないか、よくわからんなあ」

「二ヶ月前に会ったよ、……そうだよね」

恵子がこちらを向いたので、僕は頷《うなず》いた。

「遅れちゃったよ。……もうみんな来てる？　……久《く》美《み》とか倫《りん》子《こ》とか。今日は東《あずま》君も来るんだよね？　東君、すごい久しぶりだよ」

「あー、なんつうか、俺達だけなんだ」

　恵子が高村を見ると、彼は僕を少し見て歩き出した。

「……みんな忙しいんだ。そういう年齢ってことだよ」

「だって、倫子なんて」

「いや、薄情とか、そういうことじゃないんだ。……恵子もわかるだろ？　東は仕事、平日に休みが取れるほど、あいつの会社余裕ないんだ。……久美は子供の小学校に行かなきゃだし、倫子は妊娠中だし」

「まだ六ヶ月くらいじゃない」

「そうだけど、なんつうか、まあ、体調悪いんだろ」

「そうじゃないでしょ？　……縁起悪いとか、また意味のわかんないこととかさ」

「……知らないけど、まあ、人には人の都合とか、ほら、なんつうか」

　霊園には家族連れが少しいるだけで、人の姿はまばらだった。雨は舗装された通路を濡らし、芝生を濡らし、墓を濡らしていた。新しくできたいくつもの墓で、真下の墓は、去年より霊園の中央に位置していた。死者達に取り込まれるように、真下の墓は馴染《なじ》み、埋もれていた。

「誰か来たの？」

恵子が、墓に供えられていた、比較的新しい花を見ていた。

「ああ、俺だなこれ」高村は、なぜか謝るようだった。「ほら、俺、ここから近くなったし」

花を入れ替え、ビールとタバコを置き、手を合わせた。恵子が何か呟いた気がしたが、よく聞こえなかった。川に飛び込んだ真下を考え、墓には水をかけないことにしていた。酒も満足に知らず死んだ真下に、いつ頃からかビールを置くようになっていた。タバコも置こうとする僕に、吸わない高村や倫子はやめた方がいいといつも笑った。だが今年は誰も、何も言わなかった。

「よりによって、何で水だったんだろ」

恵子が、手を合わせたまま言った。真下の墓は、雨で無造作に濡れている。

「あんなに苦しいのに」

「水に帰る、って言ってたからな」僕は、ここで初めて喋ったように思った。

「……水？」

僕は前にも何度かこのことを言ったように思ったが、高村は初めて聞く表情をした。

「うん。意味は、よくわからなかったけど」

「……お前がわからないなら、俺はもっとわからないよ。……お前は、よく会ってた。それが、せめてもの救いだよ。俺は、本当に、いつ頃からか会わなくなってたから。というより、会わないようにしてた。なんつうか……気持ち悪くなってきてな」

「……俺もだよ」

立ち上がると、高村は少し顔を上げ、僕に仕事のことを聞いた。

「相変わらずだよ。人は辞めてくし、給料は安いし」

「でも安定はしてるだろ」

「ん、だけど、俺もいつまでやるかわからんし。世話したつもりだった奴《やつ》が、また犯罪やって戻ってくる。その度に犠牲者が出る。もういいよ、正直」

僕がタバコに火をつけると、高村はなぜか背伸びをした。

「この歳《とし》になると……。俺、こっちの店舗に、うつされただろ？　残業代もないのに、馬鹿みたいに働いてるよ。……でもそうするとさ、近くの商店街の店が、どんどん潰れてくんだ。俺らみたいなのに押されてさ。……俺も東京の時はそんなこと感じなかったけど、今は正直、妙な気持ちになるよ」

「でも、まあ」

「うん、いや、頭ではわかってるんだけど、目の前にあるんだ、そういう店がたくさん。何もあんなところに、新しく店舗広げなくてもさ……ほら、俺元々、文房具屋の子供だし」

高村は、そう言うとなぜか笑った。

「……今考えると不思議だよ。どうやってあんな小さい文房具屋で、鉛筆とかクレヨンとかで、俺を育ててたのか。学校に卸してる量だって少なかったし……恵子は、歌どうなの？」

恵子は「無理無理」と笑い、タバコを消してトイレに行った。高村はしばらく真下の墓を見ていたが、隣の墓に視線をうつした。隣の墓の花は、僕達が用意した花より種類が多く、鮮やかだった。高村が、僕を見て口を開いた。

「……俺、離婚するかも」

「……え？」

高村は、墓の周囲の草を、抜き始めた。

「もう無理だろうな。問題は子供だよ」

高村が一瞬僕を見たが、僕は気づかない振りをした。

「……うん、厳しいよ。男もいるみたいだし。俺といても、どうにもならないって言われた。まるで浮気したのが俺のせいみたいにさ。……気持ち悪いよ。俺の母親と同じこと言うんだから」

高村は、真下の墓にまた視線を向けた。

「俺にも悪いところが、あったんだと思う。あげればきりがないんだろうと思う。

でもなんつうか、それが、浮気するほどのことだったのか、わからないんだよ。……価値観とか、そういうことなんだろうけど。結局、俺も俺の親父《おやじ》みたいに、一人で子供育てるのかもしれない」

「まだ決まったわけじゃないだろ？」

「うん……、でも、なんで女っていうのは、いちいち周りを見るんだろう。誰々はどうだとか……、いや、人によるか」

真下の墓には、真下が嫌っていた彼の苗字が、大きく刻まれていた。

「俺は、俺の親父が好きだったよ。だって、凄いじゃないか。習字セットとか鉛筆とかで、子供を一人育てたんだぜ？　そりゃあ、高校の時はバイトしたけどさ。いや……」

高村はそう言うと、また少し笑った。

「そういう問題でもないんだろうな。なんつうか、きっと、もっと根本的なことなんだ」

恵子が戻るのを待ち、食堂に行って軽く食事をした。恵子が一番寂れてる店と指定したので、店は汚く、料理も汚かった。

　お前は俺に似てる、と真下は僕に言い続けた。お前は俺に似てる。すごく似てる。だから、ただじゃ済まない。ただじゃ済まないよ。目を大きく開き、唾を飛ばしながら、僕に近づいてそう言い続けた。今思えば、彼はもうその頃から、追い詰められていたように思えた。雲が落ちてくる、とも言った。雲が落ちてきて、俺達を取り込むんだ。そうなったら、逃げることはできない。いいか、お前は、ちゃんと上を見てろ。

　店の照明と天井の間に、密度の濃い、蜘蛛《くも》の巣が張られていた。端に小さい羽虫が囚《とら》われ、足の長い蜘蛛が、ためらうように、その羽虫に近づいていた。僕はあの鳥と蛇を思い出し、名前もわからない、倒れ込んでいた男の目を思い出し、拘置所の山井と、その山井のあの目を思い出していた。ぼんやりと視界が薄れ、それらがなぜか一つに混ざるようで、離れるようで、そして思い出している今の僕を、真下が遠くから見ている気がした。

帰りの車の中で、運転する恵子の横で眠っていた時、携帯電話が鳴った。主任が、山井が自殺を図ったことを告げた。

## 5

山井隆二《りゅうじ》が僕の拘置所にいると聞き、有名な犯罪者は全て東京に送られると思っていた恵子は、少し驚いていた。

新婚の夫婦のマンションに入り込み、二十八歳の妻を殺し、帰宅した三十歳の夫も殺した。殺された妻の父母がインタビューに答えたが、彼らは涙が止まらずに、記者達からの問いかけに答えることができなかった。その様子は、繰り返しテレビニュースで流れ、マスコミは死刑を訴えた。山井は、十八歳と半年が経《た》った時点での犯行だった。十八歳に満たない人間は法で死刑にできないが、半年経っていた山井に、死刑は可能だった。地裁の判決は、全ての専門家が予想した通り、死刑だった。僕も、彼は死刑になると思っていた。

恵子の車で拘置所に着いた時は、もう夕方になっていた。ロッカーで制服に着替えようと廊下を歩くと、主任が歩み寄ってきた。主任の顔は、明らかに疲労していた。

「医務課だ。多分痣《あざ》くらいだろう。……布団の中で服を破って、紐《ひも》をつくった。今は眠らせてる」

「そうですか」

「知らせはしたが、遠くにいたんだろう。無理させて悪かったな」

「いえ」

自分が山井に言った言葉は、収音マイクで拾われているはずだった。近頃の勤務態度を考えると、免職の可能性もある。だが、処分されるのなら、早い方がいいと思った。いいタイミングだとも、思っていた。

「山井に何か言ったそうだな」

「はい。所長のところへ行きます」

「……いや、いない」

「え？」

「電話で知らせはした。……考えてみろ、大したことにならなかったが、本当は、簡単に収められる案件じゃない。幹部はこのことを、表に出したくないんだ。大失態だしな」

「でも、処分は別の話です」

「それが、山井が睡眠薬を飲まされる前、お前の名前を出して、あいつだけは担当から外すな、と繰り返したそうだ」

主任が、赤黒い目で僕を見ている。

「どういうことですか？」

「わからない」

廊下の先から小林看守部長の姿が見え、彼は主任に気づくと、立ち止まって頭を下げた。主任は頷き、僕を見て、看守部長をもう一度見た。彼は、独居舎房の、昼の山井の担当だった。看守部長が待機室に入ると、主任はまた僕に向き直った。

「……お前、今時間あるか。俺はもうすぐ上がるんだが」

「はい。……というか、緊急の勤務ではないのですか」

「いや、実はその必要はなくなってな……、それとは別に話がある」

スーツに着替えた主任と電車に乗り、一駅先の繁華街で降りた。主任に続いて居酒屋に入り、ビールを頼んだ。主任とこうして飲むのは、半年振りだと僕は思った。主任がビールに口をつけるのを待ち、僕も飲んだ。

「お前もう何年だ」

「……九年です」

「研修は受けないのか」

「私は、出世したいとは……」

主任は、そうしなければならないかのようにビールを飲み、タバコを吸い、僕の顔をまっすぐに見た。

「九年というと……、そろそろかもしれない。十年経てば、いつきてもおかしくない」

「あの……」

「死刑の任務」

　主任はビールを全て飲み、通りかかった店員に、さらにビールを頼んだ。刑務官の間で、死刑の話題は避けるのが常だった。

「噂《うわさ》で聞いてるかもしれないが、俺は、死刑をやったことがある。二度」

　死刑の執行の任務を、やりたいと思う刑務官はいなかった。日本の死刑は絞首刑で、主に十人の刑務官によって行われた。過去に死刑囚の自殺事件があってから、死刑囚本人にも、家族にも、執行の日は明らかにされないことになっていた。

　朝、まず何かの口実をつけて死刑囚を独居房から出し、廊下を連れていく最中に、数人の刑務官が歩きながら周りを囲む。死刑囚はそこで、今から執行だと気づくのかもしれない。執行の部屋のトビラを開け、死刑囚を中に入れる。死刑の執行を告げ、教誨師《きょうかいし》の読経《どきょう》を経て、目隠しをし、手錠をかけ、足を縛り、首に縄をかける。下に合図が送られると、三人から五人の刑務官が、同時に三つから五つのボタンを押す。誰が本当に床の開くボタンを押したかわからないようにするための、配慮ということになっている。ボタンで床が開き、死刑囚が落下する。即死というのはまずなく、数分を要すると言われていた。

「一度目はまだよかった。俺は出入り口の警備担当で、実際には参加してなかった。死刑囚も大人しくて、粛々と、儀式のような状況だった。だが、二度目がいけなかったよ」

「どうしたんですか」

「暴れたんだ」

主任は、赤黒い目で、僕から少し視線を逸らした。

「しかも、俺は刑場二階の担当だった。死刑囚の、足を縛る役目だよ。……看守部長の時だった。俺はその頃死刑囚の担当を経験した後で、××という死刑囚を、聞いたことがあるだろう。あいつだった」

その名前には、聞き覚えがあった。連続強盗殺人の犯人で、控訴、上告と棄却され、世論の憎悪の中、死刑が確定した。

「あいつはさ、×人殺した。死刑は当然だ。だけどな、担当になった時、これがあの××かと、疑ったよ。……クリスチャンになってるんだ。死刑囚が宗教に頼るのはよくあることだし、それで改心するケースは多い。だけど、そいつは、本当に、別人じゃないかと思うくらい、大人しい奴だった。……教誨師も感心するくらい、勉強していた。でも中々、理論で喋ることができなかった。難しい言葉を覚えるのも、時間がかかった。何かを読むのもいつもたどたどしくて、時々、子供を相手にしてるような気分になった。……俺はよくわからなかったよ。なんでこいつが×人も殺したんだって。イエス様のお恵みです、って、口癖みたいに言う。でも夜になると、謝罪の言葉を叫びながら泣くんだ。見てられなかったよ。クリスマスになると、キリスト教関係の慈善団体から、菓子の差し入れがある。ビスケットをな、アメみたいに、舌でペロペロ舐めるんだ。僕にはもったいないです、と言ってな。死刑囚の担当は二年が限界だと言うが、それがよくわかったよ。……一度、妙なことを言われた。今こうして生きているのはイエス様のおかげで、最後は、神様が罰を与えてくれる……。俺は宗教のことはよくわからんが、なんだか、妙な感じだった。俺達のことを、神様、と呼ぶことがあった。拘置所全体や、所長なんかを特に。その度に、違うぞと笑いながら言ったんだけどな」

主任はそこまで言うと、戸惑うように笑った。どのような形であれ、主任が笑うのを久しぶりに見たと思った。ビールの白い泡が、苦しげに揺れている。グラスの表面が濡れ、それが水滴となり、テーブルにこぼれた。

「刑務官が、死刑の任務を免除される条件、知ってるか？」

「……詳しくは」

「自分の妻か娘が、妊娠してる時。あと、近いうちに、自分か、子供の結婚予定がある時、それと、喪中だ。入院する家族がいる時も、確か外される」

「妊娠……」

「そうだよ」

主任はその言葉を確かめるように、小さく頷いた。

「××の担当から離れて半年後に、その彼の執行が決まった。まさか自分が呼ばれるとは思わなかったよ。しかも、足を縛れと言う。……命令だから仕方ないが、何でいまさら、あんな猫背で小さくなりながら、ビスケットをペロペロ舐めてる奴を殺さなきゃいけないのか、わからなかった。……俺は、お前だから正直に言うが、手を抜こうと思ったよ。自分は補助するように、なるべく、関わらないようにやろうと思った。連行される××は、大人しかった。あいつの後ろを歩きながら、このまま大人しくしてくれと思った。ここまで生きられたのは、イエス様とマリア様のおかげだと、何度も笑顔で言った。だけど、執行の部屋に入って、下に開く床や執行の縄を隠す大きなカーテンを見た時、態度が豹変《ひょうへん》した。……驚いたよ。俺があいつの担当だったのは二年だったが、あんなに取り乱す××を見たことがなかった」

主任は遠くを見るようでもあり、自分の近くの、何かを見ているようでもあり、タバコを吸いながら、言葉を続けた。

「アアアア、と、叫んだ。手錠をかけようとした刑務官を殴り、もの凄い力でな、俺達三人を、突き飛ばした。見ていた当時の統括と首席が、慌てて××を押さえにかかった。みんな、必死だったよ。俺も、手を抜くどころじゃなかった。殴られた刑務官が、もう一度、手錠をかけようとした。それに気を取られてる隙に、俺は、倒れている××の足を、縛ろうとした。手を抜こうと思っていたが、できなかった。申し訳ない、と思ったからだ。必死の形相をしてる、他の同僚達にさ。……自分だけ、逃げるわけにはいかない。そうだろう？　俺は、被害者や、遺族のことを考えようとして、なんとか、力を入れようとした。だけど、できなかった。彼らの無念はわかる。××を殺したいと憎む気持ちは、当然わかる。だけど、俺はこいつを二年担当して、雑談したことも何度もあったし、それに俺は当たり前だけど、遺族じゃないから、××のことを、恨んではいなかった。××は、俺からすれば、あくまでも他人なんだ。強い感情でその行為をするのは、どうしても無理だった」

　向かいのテーブルの客達がこちらを見ていたが、主任はそれに気づいても、話をやめなかった。

「だから、俺は任務だと思うことにした。これは任務だから、俺はやるんだと、必死になった。手錠が上手くかかって、倒れて、首を上下させて頭を床に打ち続ける××の暴れる足を、押さえ込んで、縛った。俺は柔道を長くやってたから、この中で一番頼りにされてるのも、わかっていた。目隠しの布を被《かぶ》せる役目の同僚が、腕がねじれて負傷して、俺はそいつから布を奪って、被せようとした。その時、××と目が合った。涙を流しながら、これ以上開くことができないくらい、目が、ほとんどむき出しに、球みたいになっていた。あいつはさ、その目で、絶叫して、神様、と言ったんだよ。……神様助けてくださいって、叫んだ。俺は、その目をすぐ布で覆った。元々そういう任務だったが、隠さないと、すぐにそうしなけりゃ駄目だと、あの時感じたよ。その××の首を二人がかりで押さえながら、今度は縄に、何とか通そうとした。そうしながらな、俺は何でこんなことをしてるんだろう、と思ったよ。俺が柔道をやっていたのは、部員の仲間とインターハイに出るためだったし、こんなことのために、あんなに練習したわけじゃなかった。数人がかりで押さえて、抱え上げて、縄を、××の首にかけた。俺達は、全員泣いていたよ。××も、泣きながら、すみませんでした、神様神様と叫び続けていた。……首席が階段の下に合図して、ボタンが押された。すごい音がしたよ。ああいう時、人間の身体は、スムーズに下に落ちるわけじゃないんだ。××

は、もの凄く揺れた。揺れる××を、下で待機していた同僚が、懸命に押さえようとしていた。死んでいく人間を押さえるんだから、あの役目も、悲惨だよ。医者が××の死を確認した時、俺達は全員、座り込んでいたよ。全身の力が抜けて、なんというか、もう俺は、以前の俺とは違うと思った」

主任はテーブルをぼんやり見ながら、タバコの火を消した。茶色いテーブルが濡れ、その水の表面に、蛍光灯の白い光が反射していた。

「……立ち会っていた検事、所長は、何もしなかった。必死になっている俺達を見ているだけで、参加しようとしなかった。……検事がな、俺に言ったよ。俺が一番……働いたように、見えたんだろう。『よくやったな』あいつは、引きつった笑いを浮かべてたよ。『君は、柔道をしてたのか』場を和ませようと、したんだろう。俺は、怒りが湧いた。怒りでどうしようもなくなって、気がつくと、『黙れ』と叫んでたよ。なぜかわからんが、あの時、検事も抱え込んで、首に縄をかけてやろうと思った。というより、ここに誰かがやってきたら、それが誰だろうと、全員、ここで押さえ込んでやりたいと思った。なんでか、わからんけどな。……俺が中々出世しないのは、あの時、検事に叫んだからだよ。刑務官は、所長も含めて、検察には絶対逆らえない。……これは、その時の怪我《けが》だよ。××に嚙まれた。何針か縫ったんだ。……もうほとんど見えないが、少しだけ残った」

主任の右手の親指の付け根には、微かだが、肉が抉みこまれたような、窪《くぼ》みがあった。主任はビールに口をつけたが、なぜか躊躇するように、テーブルに置いた。店内には、日本のポップスが大音量で流れていた。

「……でも、主任は確か、死刑に反対でなかったですよね」

「反対じゃない」

主任はタバコを吸い続けていた。灰皿は無残に歪《ゆが》んだ吸殻で溢《あふ》れ、それらは白い虫のように不愉快に曲がり、押し込まれていた。

「それが俺達の仕事なんだから、国の、公務員なんだから、それくらいやるのが当然だと、思う人もいるだろう。ちょうど、戦争中の兵士に、国民がそう望むみたいに。戦争だって、表向きは国民を守るためだが、アフガンみたいに、復讐の意味合いだってある……。現場の兵士が精神病にかかることがよくあるように、死刑の任務に参加した刑務官にも、精神に変調をきたす者がいる。だけど、それでも、俺はやるよ。法治国家としての執行、というよりは、被害者がいる、遺族がいる。俺がもし自分の娘を殺されたら、そいつを殺したいと思う。彼らの憎しみを少しでも晴らすには、国が代行するしかない。……俺達の仕事は、いいか？　殺した者と、殺された者の間に、否応なく、入ることなんだよ。これが仕事だ。だからいい。でもな、それが不確かだ、というのが耐えられない」

主任は、ずっと僕の目を見ていた。主任はビールを飲み続けていたが、酔ってなどいなかった。

「世界中で、段々死刑が廃止されてる、ということですか？　……先進国で死刑をしてるのは、もう日本とアメリカだけというのが」

主任は、力を抜くように、椅子にもたれた。

「実際、ヨーロッパでは、一カ国を除けばもう死刑はしてない。……終身刑があるだけだ。死刑を廃止したことで、犯罪が増加した国はない。だから、死刑が犯罪の抑止にならないのは、もう統計で検証できる。俺達がやってることをそういう国でやれば、俺達のあの行為は罪なんだ。……そう考えると、たまらないけどな。でもそれよりも、ここ数年の裁判だよ……。お前も、妙だと思うだろ？」

「ええ」

「世間が騒げば死刑、騒がなければ死刑じゃない、というか……。何であれが死刑じゃないのに、こいつが死刑なんだ、という事件が色々あっただろ？　遺族感情は、大事にしなきゃ駄目だ。それは当然だ。だけど、遺族感情を考えてそいつに厳しい判決を出すようになると、結果的に、殺しても遺族がいない、たった一人で生きてきた人間を殺した時と、量刑が変わってくる……。それは、やっぱりおかしいだろ？　一人で生きてきた人間は、浮かばれないってことになる。同じ命なのに。俺が言いたいのは、死刑を、もっと確かなものにして欲しいということだよ。マスコミや世間が騒ぐか騒がないかで、影響されるようじゃたまらない。……年齢だってそうだ。被害者からすれば、それが十七歳だろうが十八歳だろうが、関係ない。なのに、十八歳を一日でも過ぎれば死刑で、一日でも達してなければ死刑にできない。大体、十八歳ってなんだ」

主任は、手の中で動かしていたライターを、静かにテーブルに置いた。僕は自分が主任の手元を見ていたことに気づき、視線を逸らした。

「でも死刑を望む声は多いし、それもわかるし、だからいい。でも俺は、死刑を執行するなら、確実さと、公正さが必要だと思うんだよ。……俺達刑務官が、あんなに必死でやる死刑という人殺しの理由が、こんなに不確かなのはたまらない。世相で決まるようなら、俺達のやってることが本当に正しいのか、わからなくなってくるじゃないか。世間が騒がずに、もっといい弁護士だったらこいつは死刑じゃなかったかもしれないと思うと……。一番いけないのは、曖昧さだよ。地裁、高裁、最高裁と、死刑判決がころころ変わると、本当にたまらない。どれが本当か、わからない。それが二十年か二十五年かの差じゃないんだ。生かすか、殺すかの差なんだ。……いいか、山井は、昔なら恐らく死刑じゃない」

「……そうでしょうね」

「お前も知ってると思うが、あいつの生い立ちは最悪だ。だが今はそんなこと、ほとんど問題にされない。だけど、それは仕方ない。平和な子供時代を送った人間に、最悪な子供時代を送った人間の気持ちをわかれと言っても、それは難しい。……でも、あいつと同じように二人殺した会社員の男が、この間、ひっそり無期懲役になっただろ。児童虐待はどうだ。自分の子供を二人殺した夫婦が、十一年と八年。児童虐待で、死刑になったケースがあるか？　遺族が加害者で、本当の遺族がいないからか？　こんな馬鹿なことがあるか。同じ命じゃないか。山井が死刑なのは、時代だよ。他の奴らも死刑なら納得して働くが、こんな曖昧な状況であんな子供を殺せるか」

殺すという言葉に、近くの店員が振り返った。

「一番聞いていて辛《つら》いのが、死刑存続か、廃止か、という言葉だ。……それなら廃止でなくて、停止にするべきだろ。じゃないと、過去に俺達がやってきたことが、全て間違っていたってことになる……。それは身勝手過ぎるじゃないか」

「……主任は、山井を控訴させたいんですか」

「いや」主任は、そう言って唇をぬぐった。

「わからない」

「え？」

「わからんよ。……これが、正直な気持ちだ。遺族を考えてみろ。許せないよ。俺が遺族だったら、殺したい。というより、この世に、いて欲しくないと思う……。これは論理とかじゃなくて、感情だ。もちろん、そんなことを言えば、俺は自分の娘が強姦《ごうかん》されたら、もうそいつを殺したいと思うけどな。……遺族や被害者の感情を考えれば、当然そうなるよ。なのに、死刑はどうしても、曖昧になる……」

　主任はそう言い、小さく息を吸った。

「……死刑は程度の性質を帯びてしまうから、遺族格差も出てくるんだ。……自分の娘が殺されて、その犯人が無期懲役になったとするだろ。でもなんであの犯人は死刑なのに、自分の娘を殺した犯人は死刑じゃないのかと思うのが普通だよ。たとえばもっと世間が騒いでくれたら、あと半年、犯人が歳を取っていたら死刑だったのに、となるだろう。その犯人がその娘以外も複数殺していたら、死刑ということにもなる。一人一人の遺族感情を本当に考えるなら、これは奇妙だよ。遺族のために死刑があるとしても、死刑は元々、全ての遺族に対して平等に機能するものじゃないんだ。……人を殺したら年齢も関係なく死をもって償え、としても、また色々矛盾が出てくる。恨みがあったらどうか、虐げられていてもそうか。どれくらい虐げられていたら、殺しても死刑にならないのか、犯人が十二歳でも押さえつけて首に縄をかけるのか、……俺が被害者側の人間とか遺族だったら、強姦も、飲酒運転の轢《ひ》き逃げの殺人も死刑にしてもらいたいが、でも、それでもどういう状況なら死刑で、どこまでの状況なら死刑じゃないのか……死刑というのは、確実なものにならない。ここからが死刑、ここからは死刑じゃない、という線が曖昧で、時と場合によって、変わってしまう。無理やりどこかで線を引いたとしても、その引いた線が、絶対に正しいものになることはない。そういう確実じゃないものを、人間の手で、やらなければいけないんだ。……でも、あいつは、何か隠してるとしか思えない」

「……冤罪《えんざい》？　まさか」

「いや、あいつの犯行だってのは、はっきりしてる。でも、どうもな」

店内に流れる賑《にぎ》やかな音楽は、中々終わることがなかった。

「恐らく、死刑というのは、人間が決められる領域じゃないんだ。だから、色々と矛盾が出てくる。矛盾が出てくること自体、その証拠だよ……。問題は、人間が決められないものを、その不可避の矛盾が出るものを、それでもやるか、やらないかだろう……こういう状態で実際に死刑をやる側の現場の人間からすれば、たまらないけどな。……お前は、山井は控訴しなくていいと思うか」

「……わかりません」

僕は、正直にそう言うしかなかった。

「ただ、見ていたら……、腹が立ちました」

「……まだ、佐久間《さくま》のことを気にしてるのか」

僕は、自分の胸がざわつくことに、苛々した。

「違います」

「なら、なぜだ」

「……わかりません」

なぜだかわからないが、あの人の顔が頭に浮かんだ。

6

屍《しかばね》のように歩く木村を見ながら、何かを言おうとし、面倒になった。

灰色の服を着せられた衛生夫は、刑が確定した、受刑者だった。本来なら刑務所に収容されるが、選ばれると、このように拘置所に留まり、雑役をしながら懲役の期間を過ごした。調理師経験のある者や、建築に携わっていた者などが、食事の調理、清掃、設備の修繕などに使われた。

木村は、いつも身体に力が入らなかった。だがそれは怠けではなく、いわばそういう体質だった。顔は真剣だが、一つの動作をする度に、いつも躊躇するような間を必要としていた。苛々するが、注意するとさらに遅くなった。自身の経営する食堂の赤字が続き、郵便局に押し入った。脅しのつもりの包丁を不器用に振り回そうとし、巡回中の警察官に、取り押さえられていた。

「今日は、ちょっとは大きい声を出せ」

「はい」

木村は、目に力を入れるように廊下を見つめていた。

「配当、……食器、四枚、バッカン……」

声は明らかに小さいが、手前の雑居房の食器の音で、その向こう、さらに向こうと、食器を用意する音が聞こえた。配当は全て衛生夫にやらせるが、自分達は、その様子を見ていなければならない。衛生夫は、密書や伝言に使われることが多かった。

佐久間も、衛生夫だった。丸顔で目が小さく、眉毛が異常に太い五十代の男だった。猫背だが首が太く、どっしりした体型をしていたが、働く他の服役囚達からの嫌がらせを、頻繁に受けていた。まだ今ほど拘置所の規律は乱れていなかったから、それらの案件はいつもすぐ問題にされた。佐久間は真面目な衛生夫だったが、隔離のため独居に収容することになった。佐久間はいつも、自分に行われる暴力を隠した。鈍い音が続いて聞こえ、僕が急いで向かうと、他の服役囚達はいつもシラをきった。息の荒い佐久間に事情を聞いても、彼は答えず、傷跡も、転んだと言い続けた。全ての事柄が明らかになった時、佐久間は、もし言ったら彼らの出所が遅れます、と泣いた。五十歳を超えた人間が泣くのを、あの時僕は久しぶりに見たように思った。

木村は、震える手で配当を続けていた。怯《おび》えながら僕を見、一つの雑居房が終わる度に息を吐いた。新嶋がもっとくれと木村を脅すと、木村は僕をもう一度見た。

「そんなに食いたけりゃ自弁で用意しろ」

「もう領置金ねえし」

「差し入れは」

「ねえし」

新嶋は、愉快そうにこちらを見ている。

「……お前、今回執行猶予はつかないぞ」

「……まだわからないだろ」

「いや無理だ。刑務所に行ったら、知ってるだろう。そんな身体じゃもたない。今のうち鍛えておけ」

新嶋というより、木村に苛々して、仕方なかった。

「お前に言われたくねえし」

「いい加減に」僕はわざと叫び、雑居房の壁を蹴った。「懲罰にかけるぞ。裁判で不利になりたいか」

「は？」

「出ろ」

僕が部屋のトビラのカギを開けようとすると、新嶋は黙り込み、自分の食器を持って下がった。新嶋を無視し、次の雑居房の配当にうつり、また次の雑居房の配当にうつる。今日は昼から任務につき、翌日の朝までいなければならない。入院していた佐伯から、正式に辞表の提出があった。処遇部門に限らず、退職の噂は、絶えることがなかった。首席と処遇部長は相次いで拘置所外に出、事実上、勤務についていなかった。

佐久間を、僕は頻繁に医務課に連れて行った。暴力を受けていたが、実際、彼はよく怪我をし、体調を崩す男だった。貧困から空き巣をし、幾分の常習性を指摘され、執行猶予がつかず、雑役ということになっていた。他の服役囚から何かが気に食わないと言われていたが、真面目な佐久間は、刑務官から受けがよかった。僕は何か引っかかるものを感じたが、それが何であるのか、わからなかった。

「わたし、復帰できるでしょうか」

佐久間が、病舎のベッドの上で、一度そう言ったことがあった。食事を吐き、ストレスだと診断を受けていた。

「……お前なら大丈夫だ」

「そうでしょうか」

佐久間はあの時、僕に向かって力ない笑みを浮かべた。

「一生懸命、やるのですが、どんな仕事も、失敗します。だから、せめて他の人より真面目にするのですが、そういうわたしの態度が、他の人を、苛々させてしまう……。この歳まで、生きてきました。色々と、迷惑をかけながら。子供でもいれば、もう、面倒を見てもらえるかもしれないのですが」

佐久間はそう言うと、ベッドから起き上がり、どこかが痛むように顔をしかめた。

「担当さんは、しっかりした方です。わたしと違い、背筋も伸びて、立派でいらっしゃる……。わたしは子供はいませんが、欲しかったと、思います。担当さんがわたしの息子だったら、どんなに自慢できたか。いえ、わたしのような犯罪者が、親なんて、あなた様は嫌だろうが、どう言えばいいのか」

僕は、自分が佐久間の顔を見続けていたことに、しばらく気づかなかった。何を言えばいいかわからず、佐久間の謝るような態度に、その必要はないと笑うことにした。

夕食配当の時、佐久間の手が不自然に靴に入るのを、見たことがあった。僕は作業をやめさせ、佐久間を渡り廊下まで連れて行き、靴の中を調べた。靴の中には、県外の住所と、二つの電話番号が書かれた紙が入っていた。仮釈放の近い佐久間を伝達に使い、収容者が、証拠の隠滅を指示していると思われた。佐久間が怯えるのは働く他の服役囚のはずで、接点が限られる、このような雑居舎房の収容者ではないはずだった。事情を聞くと、可哀《かわい》そうになって、とだけ呟いた。密書の案件は、重大な規律違反として取り上げなければならなかった。

佐久間の仮釈放は目前で、それが無効になるのは明らかだった。僕は、病舎での彼の力ない笑みを思い返し、しばらく迷い、その密書を破り捨てた。

仮出所の日、迎えのない佐久間を、出口まで送った。僕がタバコを出すと、佐久間は目を細め、旨《うま》そうに吸った。本当にあなたみたいな息子がいれば、と佐久間は言った。片手で持てる荷物を持ち、佐久間は僕に何度も頭を下げ、猫背のまま、ゆっくり歩き出した。佐久間が角に消えるまで、僕は何を言えばいいのか、わからなかった。なぜか彼に続いて歩き角を曲がろうとした時、佐久間の後ろ姿が遠くに見えた。その時、佐久間がタバコを投げ捨て、それが、近くを通りかかった子供に当たりそうになった。僕は佐久間の不注意を咎《とが》めようとしたが、なぜかそれ以上歩くことができず、やめることにした。

仮出所した佐久間がすぐ逮捕されたと聞いた時、僕は拘置所の待機室にいた。罪名は強姦罪で、仮釈放期間中での犯行だった。警察の取調べと、過去の再捜査によって、佐久間が連続婦女暴行事件の犯人であり、空き巣の事件も、元々強姦目的の侵入だったことが明らかになった。過去の強姦事件の被害者が十人、仮釈放期間中での被害者が一人だった。同僚から、佐久間が自分の評価を決める立場にあった僕のことを、他の刑務官から、色々聞こうとしていたことを知った。僕が施設にいたことも、彼は聞いていたようだった。

僕は待機室で、視界が狭く、どうしようもないほど、狭くなり、吐き気を覚え、トイレで吐いた。異臭を放つトイレの個室の中で、僕は主任が来るまで屈《かが》み続けていた。自分がもみ消したことで、佐久間の仮出所が認められたということ。佐久間のあの病舎での言葉と、佐久間が最後の日、タバコを投げ捨てた映像が、繰り返し、頭に浮かんでいた。任務に戻ってすぐ、口答えの多い収容者を、僕は廊下に連れ出し、足の甲で蹴った。襟首をつかみ、さらに蹴り、顔を踏み、さらに蹴った。主任と、前任の首席に止められ、停職処分になった。他人の身体に、自分の足がめり込むように埋まるのを感じながら、僕は真下の言葉を思い出していた。「俺はお前の弟じゃない」真下の言葉は、終わらなかった。「勘違いしないでくれ。俺はお前の弟じゃない。俺はお前の弟じゃない」

配当が終わり、待機室に戻ろうとした時、医務課長の姿が見えた。医務課長の急ぐような歩き方に、気を取られる自分に苛々した。僕は待機室の椅子に座り、読みかけだった本を手に取ったが、引き返し、医務課に向かった。山井のいる部屋には、カギがかかっていた。小林看守部長がゆっくりトビラを内側から開け、彼は濁った目で僕を捉えようとし、目をこすった。看守部長以外に職員の姿はなく、山井が、目を閉じてベッドで寝ていた。仰向けの山井の長い髪が、投げ出されるように垂れていた。

「代わります」

「……でもお前、休憩だろ」

「ここで休憩を取ります」

僕がそう言うと、看守部長は頷いた。本当は、彼は今日非番のはずだった。

「……何も喋らん。今は寝てるが、就寝の時間がきたら、静かに元の独居に戻す。……お前が気にかけてるなら、主任も嬉《うれ》しいだろう。まあ、任務だけどな」

「何がですか」

「山井の夜間の担当にお前を選んだのは、主任の助言らしい」

「なぜ？」

「わからん。だが俺より、お前の方が向いてる。歳も近いし」

看守部長は何とか姿勢を保つように、ゆっくり部屋から出た。僕は手に持ったままだった本を、仕方なく机の上に置いた。脇にある椅子に座り、僕は山井を睨《にら》んだ。山井は孤児だった。だがそのことが、人を殺す理由になどなるわけがなかった。

狭い部屋には消毒液の匂いが満ち、机に置かれた透明のグラスは、部屋の温度によって濡れていた。グラスを包むように濡らす水分は下に垂れ、白い机も少しずつ濡らしていく。薄い布団の中に、山井の身体は収まっていた。山井の額には汗が滲《にじ》み、僕は、このような男でも汗をかくのだと思おうとした。

「なぜあんなことをした」

僕は山井の濡れた額を見ながら、そう呟くように言っていた。

「質問を変える」

僕は椅子の背もたれから、身体を離した。

「なぜ死ぬつもりもないのに、あんなことをした」

遠くで、回転するモーターのような、低い震動音が響いていた。僕がずっと見ていると、山井は目を開けた。彼は僕を見ず、天井を見た。

「……俺が、……起きてると？」

山井の声を、初めて聞いたように思った。少年のような、まだ軽い声だった。

真下の顔が、不意に頭に浮かんだ。

「普段のお前の、寝顔と違う」

「見てるのか」

「それが仕事だ」

消毒液の匂いの中に、山井の体臭が含まれていた。彼は、風呂に入るのを拒んでいた。自分達に裸を見られることを、馬鹿のように拒否していた。

「なぜ……俺が担当の方がいいんだ」

思わず、そう口走っていた。

「……質問、多いな」

「喋らない奴には、質問するしかないだろ」

床は僅かに濡れ、蛍光灯の光が反射していた。屈折してゆらぎながら、それは美しく、白く光っている。山井が机の上のベケットの本を一瞬見たが、また視線を天井に戻した。

「お前は、控訴しろ、と言わないから」

「……期限まであと一週間だ。死にたいのか」

「死にたくない」

山井は、まだ天井を見ていた。

「……なら」

「違う」

「……何が？」

山井はそれから、喋らなくなった。目を閉じようとし、ためらいながらやめ、もう一度、天井を見た。

待機室に戻ると、主任がいた。疲れた目をしながら、僕に向かって小さく頷いた。肩幅のある身体を反らすように息を吐き、明らかに、僕を待っていた様子だった。僕は、なぜか胸が圧迫されるようだった。

「喋ったか」

「ええ」

「……何を？」

「いえ、取り留めのないことです」

椅子に座ると、身体の力が抜けた。僕は主任を見ずに、床を見ていた。磨かれていない待機室の床は、埃《ほこり》が目立ち、茶色く汚れている。

「弟さんのことだが」

僕は、なぜか主任はこう言うだろうと、思っていた。

「もういいです」

「……山井は、お前と同じ出身地だ」

僕は、主任の顔を見た。睨んでいるような気がしたが、わからなかった。

「どういう意味ですか」

「いや」

主任が口を閉ざしたのを見ながら、やはり自分の様子が妙なのだと思った。

「僕の弟は、乳児院にいた頃に、別々に違う夫婦に引き取られたんです。引き取ったと聞いた夫婦は、蒸発してました。……その後別の施設にいる時に、聞きましたよ。一緒に蒸発したのか、それとも、もう死んでしまったか。いくら調べても無理でした。元々僕と一緒に乳児院の前に捨てられてただけで、兄弟じゃなかったのかもしれない。こういうケースじゃ、そういうこともよくありますし、弟じゃない可能性だって、大きいんです。年齢も、僕とその弟は一歳しか違いません。山井と僕は十歳違いますよ」

「そういう意味で言ったんじゃない」

「なぜ、僕を山井の担当に？」

僕は自分を、抑えることができていなかった。

「年齢が近い。少なくとも、処遇部門の中では。……前にも言ったが、俺はお前に期待している」

「買いかぶりです」

「佐久間のことは気にするな。……こういう仕事をしてれば、あんなことは日常的にある。信じてた収容者がまた罪を犯す。大犯罪人だと気づくこともある……。人間はわからん。それは仕方ないことだ。再犯だとマスコミが騒ぐほど、この世界は簡単なものじゃない」

僕は、自分がさらに強く動揺しているのに気がつき、息を吸った。ゆっくり、ゆっくり息を吐き、ゆっくり吸い、もう一度吐いた。あの人が、教えてくれた方法だった。
僕は主任に頭を下げ、任務に戻ると告げて部屋を出た。

## 7

夢を見た。真下の夢だ。

真下の青いTシャツが、酷く濡れていた。水分を含み、人間の耳のように縮んだそれは、僕の裸の肩に、隙間なくしがみついていた。僕から水を吸っているのか、布が僕に水を入れているのかわからないが、僕の身体も濡れ、辺りも同じように濡れていた。湿気や水分は段々と温度を持ち始め、生き物のように温かく、そこには、何かの濁りも生まれているような気がした。座り込んでいる僕は、自分の周囲がふやけていくのを感じながら、しかし不快な気分ではなかった。ゆらゆらと視界が動き、僕は何かに溺れるようで、身体が熱くなり、しかし抵抗しようとはせず、そのまま手足の力を抜いた。目が覚めた時、なぜか心臓の鼓動が激しかった。

僕と真下は、よく二人で朝まで話した。中学からの仲だったが、何もかも話すようになったのは、高校に入ってからだった。真下はよくその青いTシャツを着込み、それは水に飛び込んだ時も同じだった。思春期に浮かぶ様々な想念を、僕達はお互いに言葉にしようとしていた。

場所は、近所の公園が多かった。恵子や高村や倫子などと街で遊んだが、最後まで残るのは僕達で、帰りに駅についてから、いつも何となく公園に行くのだった。僕と恵子は施設を出て定時制高校の寮に入り、高村達は別々の公立に、真下は私立の進学校に通っていた。皆それぞれの高校に馴染めなかったこともあり、こういう関係は続いた。

真下に自殺について聞かれた時、僕は一度やろうとしたことがあると正直に言った。施設に入った時、まだ小学生の頃に、ベランダから飛び降りようとしてあの人に押さえられた。その時のあの人の強い力が、不快でなかったことも僕は言った。何でも喋るというルールは、真下が考えたものだった。争いの絶えない父親と母親の下で、真下は息を詰まらせていた。彼は、思春期を危機とよく表現した。何かを共有することで、危機を乗り越えられるとも言ったことがあった。

「何で死のうとした?」

あの時真下はしつこく聞いたが、僕は上手く答えることができなかった。発作のような、何か自棄《やけ》に似た行動のようにも思えた。世界に対面し、その流れに逆らうというか、自分が死ぬことで、自分とは無関係に流れる世界に対して、染みを残したいというか、そういう感覚もあったように思えた。だが、その向こうにある奇怪なゆらぎを、僕はわかっていなかった。ただ、自分がいずれ何かをやらかすような、そういう不安だけを抱いていた。

「何で、思春期ってあるんだろう」

真下は、あの時こうも続けた。

「それって、ただの言葉だろ」

あの時僕は、自分を語り過ぎた恥ずかしさから、そういう話題をわざと軽視しようとした。

「いや、あるよ。……何で人間はこの時期に、混乱しなけりゃいけないのか……、何か、意味があると思わないか？　性欲の衝動が強くなって混乱するって、言うだろ？　でも、その他に……」

「そうかなあ」

「うん、人間は、何ていうか、社会的な動物だから。社会的な生物としての、反発というか……。現在あるものとかを、浄化、新しくするために、反発しなけりゃいけないというかさ……。そういう社会的な生物の、衝動……本当はそういう役割が、神というか、ＤＮＡに刻まれてるのに、俺達はただの子供とされてる……とか」

真下は芝生の上にしゃがみ込み、ぼんやりしながら芝生の先を手で触っていた。僕はタバコに火をつけ、公園の白い柵にもたれていた。僕達が喋る時は、なぜかいつもこういう姿勢で、正面を見ることがなかった。

理屈っぽい傾向にあったが、僕にとって、彼は大切な人間だった。僕は自分の中にあるモヤモヤとした憂鬱を、あまり言葉にすることができなかった。真下はそれから、ゆっくりと喋った。

「なぜだかわからないけど、自分は一人だって感じるだろ？　……ある程度の孤独は必要なんだけど、俺達は、自分達の中の秘密を共有する必要があると思うんだ。……そうすることで、色々わかることがあるし。俺達は他の人間達よりも、考えることができる。人間に一番必要なのは、考えることだよ」


自分達のまだ柔らかい精神に入るものや浮かぶものを、僕達は一つ一つ処理していこうとしていた。取り留めのない会話も多かったが、僕達は何時間でも話すことができた。

「たまらなくなるよ。時々」

真下は結果の感想から、ものを言う癖があった。あの時、僕達は川の側《そば》を歩いていた。静寂を保った空気の下を、あの川はまだ緩やかに流れていた。真下が、最後に飛び込んだ川だった。

「どんな風に？」

「夢を見る。親を殺す夢」

親という言葉を使う時、真下は他の人間のように、僕に気をつかうことがなかった。

「包丁を持って、呆然《ぼうぜん》と立ってるんだ。部屋の中で。床には、母親と、また朝に帰ってきた父親が死んでる。血だらけで、床も壁も、自分も汚れてるところから始まるんだ」

真下は、手のひらを開き、閉じる動作を繰り返していた。

「びっくりするよ。理不尽にも感じる。だって、いきなりそこから始まって、俺は否応なく、親を殺した俺というところから始まるんだから。……その時、でも俺は、ああ仕方ない、って思うんだ。これが俺で、結局こうなることが決まっていたんだから。とにかく、俺は俺が行くべきところに、俺の判断はどうであったとしても、結局、こうなったんだからって。お前が昔話した蛇の話、ああいう感じだよ。俺は、その時やっぱり、無表情だと思うよ。でもさ、その後すぐ、俺は死のうとするんだ。そうすることが決まっていたみたいに。その時ね、変な感じなんだが、生きてる、と思う。俺が、ちゃんと、俺に相応《ふさわ》しい結果に、人生の中で辿り着けたような感じだよ。それが善であれ、悪であれ、運命というのは、気にしないんじゃないかな。そもそも運命は、善とか、悪とか、考えないだろう。これが俺の、俺の人生の相応しい結果、行くべき結果だったと思う。……染み込んでくるんだ。段々、生きている実感が。ここに本当に、生きている実感がある、と思う。……でも夢が覚めると、俺はまだ、生きてない、と思うんだ。まだ仮の姿だって」

真下は顔を傾け、僕を少しだけ見た。

「運命とかはわかんないけど」とあの時僕は言った。「簡単に言えば……こういうことだろう?　怒りっぽい奴なら、いつか会社をクビになるとか、何だかそういう悪い結果に行きやすい、とか、心が弱くて、すげえ頻繁に酒に頼る傾向にある奴は、いつか酒で何かをやらかして、それでダメになりやすい、とか……。なんというか、傾向とか、可能性だろ?」

「違う」

　真下は、いつも否定が早かった。

「俺はあると思う。運命とか、宿命とか。別に、将来が決まってるとか、そんなことは思わないけど。その人間の核というかさ……、それが、人生の中で現れるというか」

「その前の核が、親殺し？」

「いや、別にそれだけを、言ってるわけじゃないけど」

　あの時遠くで、自転車に二人乗りしている男女が、言い争いながら走っていた。女のスカートは短く、風でまくれ上がるのを手で押さえていた。僕と真下はそれをぼんやり見ながら、言葉が途切れた。女の声は大きく、僕達を見ることなく通り過ぎた。

「ああいうの、たまらないな」と真下は言った。「やってみたくてしょうがない。この前のＡＶ、もう飽きたし」

「うちなんて寮だから見れないよ」

「うん……何だか、苛々するな。女見ると」

「苛々する」

「俺、彼女とか絶対できないと思う」

真下は、そう言うと笑った。真下はそれほど整っているわけではなかったが、目が大きく愛嬌《あいきょう》があり、彼が自分で思っているほど、悪い顔ではなかった。

「時々、その辺にいるホームレスを、ぼんやり見てることがある。気づかないうちに。……いや、ホームレスになりたいとか、そういうわけじゃないんだけど……。ほら、この前、スーパーで」

僕が真下に喋る時は、いつも彼が喋り終えた後だった。あの時自分がどこでこの話をしたのか、よく覚えていない。公園のようでもあり、駅の近くの駐車場でもあるような気がした。だが、微かに雨が降っていたことだけは、覚えている。僕達は傘がなく、何かの下で、雨を避けていた。

「俺らが見てる前で、万引きして、店員に取り押さえられてた男だよ。あの時倫子は、いいおっさんが気持ち悪いって言ってたけど、でも何だか、俺はずっと見てたんだ。その、取り押さえられて、卑屈に笑って『返します』『返します』って言ってたあいつをさ。……これは大したことじゃない、なんでみんな真剣な顔をしてるんだ俺は返すのに、っていうか、そうやって現実をわざと軽く見て自分を守ろうとしてるのに……でもなんていうか、本当は、自分の今の絶望を、感じてるというか……。わかるかな」

「うん」

「俺はあの時、何だか、他人事《ひとごと》じゃなかった。いや、別に物を盗みたいわけじゃないけど……。眠れない夜とか、色々考えることがあるよ。……離れてしまいたい、って感じることがある。なんていうか、色々なものから。俺は本来、そうなんじゃないかって。……運よくあの人に会えたから、自分は今こうしてここにいる、というか、なんとかここにいる、という感じなんだけど……、本当なら、泥みたいなところで、犯罪ばかりやって、ボロボロに寝そべってるんじゃないかって。……いや、そうなってしまいたい、っていうか、そうなったら、何だか安心するというか、落ち着く……。世間の奴らなんて、どうだっていい、むしろ、そいつらが嫌がることを、滅茶苦茶にやってしまいたいっていうか……一言で言えば、そういう衝動っていうかさ」

僕はそこまで言い、何を言っているかわからなくなった。

「お前の、あの海の記憶の話だけど」

真下がその話に触れたのは、恐らくあの時だった。真下は僕のことを言う時、その口調はいつも慎重だった。

「あのことを、ずっと考えてみたんだ、俺なりに。なんだか、不吉で、象徴的だよ。……お前はそのことをあまり真剣に考えてないけど、きっと、何か意味があると思う。たとえば」

「関係ないよ」と僕は笑った。「ただの記憶っていうか、何かの勘違いだよ。ただ、なんとなくお前に言っただけだし」

「でもさ、そんな小さい、まだ意識と無意識を行ったり来たりしているような、そんな小さいお前の感性の中に、女が出てくるのはわかるとしても……、それがなんで死んでるのか。それがなんで、犯罪的な印象を帯びてるのかとかさ……考えたことないか？　なんだか、お前という人間の核というか、存在みたいなものに、関係してるようにも思うけどな。……前世の記憶とか、そんなことは言わないけど。でも、なんだか」

僕はあの時、なぜか苛々していた。自分の記憶を材料に使い、理屈っぽい真下が考えを遊戯のように進めているような、そんな気がしてならなかった。

「錯覚だよ。記憶の錯覚。何かテレビでも観たんだよ」

僕がそう言うと、真下はそれ以上言わなかった。

「いつか、俺かお前がダメになった時」

真下がそう言ったのは、彼が自殺する五ヶ月前だった。僕はこの会話の数日後、不意に恵子と付き合うようになり、初めてセックスをし、彼とはたまにしか会わなくなった。あの頃の実際の性の遭遇は強く、僕は真下のことを、深く考えることをしなくなっていた。

「でも俺達は、なんていうか、味方ってことにするのはどうだ？　その時むかついてても、全然会ってなくてもさ。……たとえばどちらかがやらかしたことが、気に食わなくて、許せなくても、味方ってことにするというか……。誰かそういう人間がいると考えると、生きやすい」

　彼はわざと僕を見ず、照れを隠すように真剣な顔をしていた。僕はあの時落ち着かなくなったが、笑って頷いていた。

## 8

　僕と恵子は、会う度にセックスをするようになった。

　学校の寮で会うことはできず、アルバイト代もほとんど授業料に使ったので、ホテルに行く金はなかった。近所に取り壊しの中断した古びた団地があり、そこにはホームレスなどもいたが、きちんとドアにカギのかかる部屋も残されていた。僕達はセックスをするために、よくそこに入り込んだ。その団地は高校生の間でよく知られ、僕の同級生達も、高村達もよく使い、時にはセックスのためだけではなく、大勢で酒を飲むために使われることもあった。

町の外れには、閉鎖された遊園地があった。柵が錆《さび》に覆われ、もう随分と昔から放置されていた。ずっと奥まで行くと稀《まれ》に暴走族がいて危なかったが、僕達は、よくその遊園地にも入り込んだ。その場所も、カップル達の集まる場所として、田舎の町の間で知られていた。夏になると、心霊スポットとして県外から人が来ることもあった。

僕と恵子は何度もキスをしながら、お互いに汗で濡れる身体をひたすらに求めていた。恵子の濡れた性器に自分の性器を入れる時、僕はなぜかいつも、あの海辺の記憶を思い出すのだった。それは真下と言葉でやり取りする時よりも、鮮明に僕の脳裏に浮かんだ。僕は自分があの記憶の中の動かない女の身体を抱えているのを感じながら、恵子の濡れて絡みつくような性器の中で、自分の性器を動かしていた。声を上げる恵子の濡れた唇を舐め、恵子の汗を舐めながら、僕は身体を動かし、何度も射精した。射精した後、僕はどういうわけか、泣きたくなることがあった。実際に一度不用意に泣いたこともあったが、その時恵子は、表情を変えずに僕の横で黙っていた。僕は何も言わない恵子をありがたく感じたが、しかし自分がなぜ泣いているのか、わからなかった。

僕の恵子への依存は、セックスを覚えた高校生であるのを考慮しても、行き過ぎた感覚があった。家具もない、壁も破れたその真っ暗な部屋で、僕達はお互いの身体を舐め合い、多くの時間を過ごした。

あの時の僕がどう考えていたのかわからないが、恵子に自分の不安を言ったこともあった。自分はいつか、何かをやらかすかもしれない。何をするかわからないが、眠れない夜など、動悸《どうき》が微かに速くなり、自分の異常を感じることを彼女に言った。僕はそれを喋りながら、性器が大きくなると、またすぐに恵子を求めようとした。恵子は、今のあなたが無事なら、それを一日ずつ続ければいいと僕に言った。

久しぶりに真下に会った時、彼は恵子とのセックスについて聞きたがった。僕が断ると、真下は何かに気を取られる様子で、自分の両親の話をした。包丁を買った、と真下は唐突に言った。だが、あの時僕は、それを冗談だと思っていた。

「正直……、もうきつい。色々と」

「影響、だろ？」

「……何が？」

「マンガとかの……」

僕が思わずそう言った時、真下は下に向けていた顔を、不意に僕に向けた。顔の中央に力を集め、驚いた自分を抑えるようなあの時の彼の表情を、僕は忘れることはできなかった。

「そんなことないよ。……俺は自分で自分の生活をしてるし、というか、生活していくしかない状況だし」

「でもさ」

「どうせ、あの施設長のことを、言いたいんだろ？」

あの時僕達は、どこかに座り込むのではなく、町の中を歩いていた。

「お前がいつか自分で言ったみたいに、お前は、その施設長の影響を受け過ぎてるんだよ。その人にやさしくされたのはいいことだよ。でも、本当のお前をそれで誤魔化してもさ、それは、いつか絶対にガタがくるよ」

真下の声は、段々と裏返るように高くなった。そのような彼の声を聞いたのは、初めてのことだった。

「お前は俺と一緒で、危ない傾向にあるよ。……お前は、今の自分が落ち着かないだろ……？　本当じゃない生活をしてるって、思ったりするだろ？　……いつか、お前と一緒に踏み切りを待ってる時、驚いたことがあったよ。ぼんやりと、薄笑いというか、何かに吸われてるみたいな顔してさ……、正直、気味が悪かったよ。自分では、気づいてないだろ？　お前には、破滅の願望があるよ。お前の何かが暴発するみたいに、それが何なのか俺にはわからんけど、それは、いつかお前を滅ぼすよ」

僕と真下は、ごくたまに会う度に、そういう会話をするようになっていた。真下は僕を煽《あお》るようなことを言いながら、自分を追い詰めている感じだった。その間、しかし僕は恵子と、恵子の身体のことを考えていた。

彼女をつくれば楽になると僕が言うと、余計なお世話だと彼は言い、学校を休むようになった彼にそのことを聞くと、俺はお前の弟じゃないから、つまらないことを言うなと叫んだ。お前はただじゃ済まないよ、と彼は繰り返した。いつか恵子を殺すかもしれないと言い、僕が笑って否定すると、僕のその笑い自体に腹を立てた。今思えば、彼はもうその頃から、どこか正常でなかった。

「お前のあの海の記憶のことだけど」

彼が再びその話に触れたのは、僕が彼と会った、最後の日だった。僕達は偶然町で会い、どこかに落ち着くことをしないまま、昔の習慣のように歩いていた。

「あれは、実際にあったことなんだよ。つまり、お前の親父と、母親なんだ」

初め、僕は彼の言っている意味が、わからなかった。

**「お前の親父が、お前の母親を殺したんだよ。お前の親父は、お前の母親の死体**

**を抱えたまま、自分のやらかしたことに、途方に暮れていたんだ。それを、まだ赤ん坊のお前が、指をしゃぶったりしながら、近くで見ていたんだよ。お前がその女を抱えていたっていうお前の記憶は、つまり、記憶の錯誤だよ。こうなってしまったのは自分のせいなんじゃないかっていう、お前の罪悪感が、そう思わせたんだよ」**

真下は、大きな声で喋っていた。辺りは通行人が多く、彼らは一様に、僕達のことを振り返りながら歩いた。その日以来、僕は真下と会わなくなった。

真下が行方不明になったと知らせたのは高村の電話だった。二夜続けて帰らなかった真下を心配し、真下の母親が、高村のところにいないかと電話したのだった。捜索願は、真下の母親ではなく、高村の父親が出した。季節外れの嵐が近づいている中、消防団と、町の人間が数人、真下を探すために山や川を歩いた。豪雨によって、何らかの事故に巻き込まれたのではないかとされていたが、僕は違う可能性を考え、動悸がずっと激しかった。激しい雨や風が吹く中、公園まで走り、恵子や高村達と合流した。僕達は、以前は皆で集まったこともあるその公園のトイレのドアを、ゆっくり開けた。そのことで、言葉には出さなかったが、自分達が同じことを考えていると思い、互いの顔を見ることができなくなった。僕達は、川まで走った。なぜだかわからないが、僕は彼が川にいるものだと、思い込んでいた。

それからどれくらい時間が経ったか、思い出すことができなかった。川岸に集まる大勢の人影と、青いビニールシートを見た時、僕は足の力が抜け、歩けなくなった。恵子が何かを言いながら僕の身体のどこかをつかみ、東が川辺まで走っていった。真下の死体は白く、水を飲んだために、大きく膨らんでいた。彼の原形がわからないほどに、その死体は膨れ上がり、服は破れ、石で裂かれたり打たれたりした身体は、膨張した肌の白と血液の赤で、不愉快なまだらになっていた。そして、彼のポケットからは、無数の安全ピンが繋《つな》ぎ合わされた、意味のわからない鎖状の輪が、長く長く出てきたのだった。

僕は、真下が死んだことよりも、その死体の醜さにショックを受けていた。そしてそのような自分を責め、真下がもういないことを考えようとし、しかし目の前の死体がそれを圧倒し、僕はその場に座り込んだ。

翌日、真下から、僕に郵便物が届いていた。汚い字で、僕の高校の寮の住所が、激しく書き散らされていた。その郵便物は、真下の青い大学ノートだった。

## 9

### 真下のノート

『何かになりたい。何かになれば、自分は生きていける。そうすれば、自分は自分として、そういう自信の中で、自分を保って生きていける。まだ、今の自分は、仮の姿だ。

苛々する。苛々して仕方ない。どうすればいいのかわからない。全然わからないし苛々するしどうしようもない。むしゃくしゃする……。これは、今だけなのだろうか。思春期だからか？　こんな風に生きてくのはたまらない……。考えるしかない。考えて、一番いい方法を、考えるしかない。

母親さえいなければ、自分は家を出ることができる。アレを置いて、家から出るなど不可能だ。こういった感情を消すには……。全てを、なかったことにするのも、考えに入れなければならない。自分は、色々なものに、縛られ過ぎている。自分と、生活が、一致しない時、人間は、どうすればいいのだろうか。生活に合わせるのが苦痛な……。

母親が今日泣いた。自分に色々と、泣きながら父親のことを言ってくる……あれはたまらない。どこかにはけ口が必要だ。

あいつの記憶じゃないけど、近頃、水をぼうっと見る。川で一人でいるのはいい。水が流れ、ゆらゆらと、揺れる。近頃、白昼夢が多い。授業中だけじゃなく、歩いている時も、部屋にいる時も、ぼんやりしている。川を見ながら、あいつの言った、ヘビの話を思い出した。埋められず、ビニール袋に入れられて、川に流されたヘビ。川岸の自分のところに、その柔らかなビニール袋が、流れてくる。中に重さのあるものが入っているが、それは確かに、水に浮いている。僕は迷いながら、あいつの代わりに、あいつのところにそれが届く前に、濡れた袋を手でつかみ、川岸にゆっくりと置いた。僕は緊張している。動揺しながら、縛られている結び目を解き、中に何が入っているのかを、確認しようとする。しかし、僕には、その正体がわからない。……想像はそこで、いつも途絶える。

自分には、何かがあるような気がする。何があるのかはわからないが、何か、特別なものが、あって欲しい。……詩を書いたり、写真を撮ったりしながら、生きていけないだろうか。形のないものを言葉で、形のあるものを写真で。写真のような言葉、言葉のような写真を撮れないだろうか。言葉で、巨大なものを、目に見えない巨大なものを、表現する。言葉は力だ。

やはり、僕はプライドが高くて、傷つきやすい。

ギターを買う。でも、Ｆのコードが押さえられない。問題は、Ｆのコードが押さえられないことではなく、その努力をしたいほど、ギターを弾きたくないということだ。

父親を、久しぶりに見る。得体の知れない大人だ。でも、こういうのはギリシャ神話にもあるらしい。僕の悩みも、影響ということだろうか。

どうしてこんなに、才能がないのだろう。

頭が痛くなる。さっきから痛い。母親が泣いている。自分に浮かぶのは、Ｋのことだ。彼女の身体を考えると、たまらなくなる。だけど、上手くいくことはない。これまでの人生でわかったのは、自分は自分の思い通りにはならないということだ。これも宿命とか、そういうことだろうか。

ニュースで、親殺しの事件を見る。顔の見えない彼に、自分の顔が重なる。評論家が、少年を分析している。こんな老人に、少年の心がわかるわけがない。雇っているテレビ局の人間も馬鹿だ。理由は簡単だ。学校に行くのが嫌だっただけだ。

気分が悪い。

九月二日、包丁を買う。なぜ買ったのだろう。買えば、今の自分の状況とは、少なくとも別の状態になる。そのために買った。刃物は美しい。恵子の服を、これで破りたい。

世界に向かって火を投げる…………くだらない。

みんな死ねばいい。……他人を否定し、自分を否定し、一体そこには、何があるのだろう。

きっかけが大したものじゃなかったとしても、一度その場所に落ち込むと、自己増殖しながら、ソレは巨大になっていく。僕は、自分の大脳の中に、その場所、その位置を感じる。それは重い空気みたいに、僕のその場所に居続け、少しずつ、だけど確実に、上から下へと、その体重で押してくる。……ニュースの事件を見れば、明らかだ。だけど、ここで一つ、質問したい。なぜ、人間はそうなるのだろうか。なぜそうなる人間が、数千年前から現在まで、常に存在し続けるのだろうか。ここには、何か意味があるのだろうか。

人類の傾向は拡大だと思う。進歩と呼ばれているものだ。だけど実際には、それはただの目的のない拡大に過ぎない。数千年前から、人間はどこかに向かっている。それは明確な場所ではない。ただ、拡大する。生殖も、ただ後の拡大のためにある。その傾向が、DNAに刻まれている。それは神ではないし、神の意志でもない。言い換えれば、DNAの意志だ。生物が誕生した時の、その最初のきっかけの時に生まれた意志だ。そこには善も悪もない。

小さな人間の集まった、一つの大きな人間と考える。中には拡大の抑制を望むのもいるが、全体の傾向は、やはり拡大だ。拡大には、積み上げていく「善」だけでなく、無駄を破壊する「悪」がいる。この二つがバランス良く並び、拡大が進む。

犯罪的な人間は、その「悪」が変形し、捻《ね》じ曲がってしまった亜種ではないだろうか。DNAの意志は、「善」だけではない。原人の遺跡から見つかったように、人間が人間を手斧《ておの》で殺して火で焼いて以来、どれだけ非難されても、殺人はずっとある。いわば伝統的な、人間の傾向の一つだ。拡大の目的の「悪」が変形し、そういう亜種となり、無意味として、無意味なことを行ってしまう。形あるものにひっついた、余分な欠片《かけら》となってしまう。だがそれも、生物の、人間の根本的な構造から生じてしまったものではないだろうか。この根本の、軌道修正は可能か。

しかし包丁も、他人のつくったものだ。他人のつくったものに内面が具体化されるとは、たまらない。

水を見る。コップに注がれた水。僕はそれをゆっくりテーブルに流してみた。何も見つからない。まだわからない。

高校は、クズの集まりだ。

僕は、行き過ぎる傾向がある。いつもそうだ。この傾向は、いずれ僕を滅ぼすかもしれない。僕は父親に立ち向かう代わりに、自分の大脳を押さえつける。なぜだろう。目的が逸れ、自分が苦しくなる。

女に関心を持ち始めると、それが全てになりそうになる……恵子を尾行している途中、逆に声をかけられた。僕はあの身体をずっと、ずっと、見ないようにしながら、見ていた。なぜだか知らんが、部屋に包丁を置いてきた、と思った。僕は、何を言っているのだろう。でも、結局、同じことだ。恵子と共にいる幸福をつかんだとしても、僕はその幸福を恐れて、自分以外の全ての男に嫉妬するだろう。僕はどっちみち、恵子を苦しめるだけだ。僕は有害だ。僕は行き過ぎる。僕は制御できない。

有害。有害。

もしかしたら、今だけだろうか。この時期が過ぎたら、僕は落ち着くんだろうか。

一階で争う叫び声を消すために、音楽を大音量でかける。僕が叫びを聞いているというアピールだけど、一階は止む気配がない。胸がドキドキする。不安で、仕方がなくなる。恵子とあいつのセックスを想像しながら、自分を慰めた。……死にたい。

イライラする。もう我慢できない。声を上げるが、治まらない。無理かもしれない。僕は、自分が甘えていることを知っている。少なくとも、知っているつもりではいる。でもなぜだろう。なぜこんなことで、こうなってしまうんだろうか。じっとしていると、胸がドキドキして、たまらなくなる。腕をかきむしる母親を見た瞬間、壁を殴った。なぜだろう。僕はどうなったのだろう。

この目の前の壁が、独りでに破られるとしたら？　それも、こちらから破るのではなく、向こうから破られるのだとしたら？　僕はそれを目の前に感じる。何か、深く取り返しのつかない、黒い、深淵《しんえん》。僕はどうしてしまったのだろう。その悪は、僕の大脳の中にある。僕は自分の大脳の奥へと下りていく。世間など知らない。僕は下りていく。

駄目になってしまいたい。このイライラや混沌《こんとん》が、もう自分からは出なくなるほどに。ボロボロに全てを使い果たし、全てを終わらせたい。何をした後だろうか。父親や母親を殺した後か、恵子を襲った後か、それともあいつをか。いや…………。

全てを終えて、力なく、気持ちの中に何も残らない空白。その空白の場所に立った時、僕は本当の僕になるのかもしれない。自分の犯した罪とは無関係に、泥水の中に埋まりながら、遠くで遊ぶ小さい子供の笑顔を、頬を泥につけながら微《ほほ》笑《え》んで眺める。その時、僕は生きている、と思えるだろうか。その時、僕は全てから解放され、本当の自分になっているだろうか。

こんなことを、こんな混沌を、感じない人がいるのだろうか。善良で明るく、朗らかに生きている人が、いるんだろうか。たとえばこんなノートを読んで、なんだ汚い、暗い、気持ち悪い、とだけ、そういう風にだけ、思う人がいるのだろうか。僕は、そういう人になりたい。本当に、本当に、そういう人になりたい。これを読んで、馬鹿正直だとか、気持ち悪いとか思える人に……僕は幸福になりたい。

僕は嘘《うそ》ばかりついてないか本当はセックスがしたいだけなんじゃないか恵子を襲いたいだけなんじゃないか。

このノートにどこか一つくらい、いいことが書いてないだろうか。

この苛々や混沌や憂鬱が、ぬるぬると僕の性器に繋がり、僕の身体を少しずつ濡らしている。自分の身体から発散し、僕の上からも左右からも飛沫《しぶき》となって水が散乱して乱れ、僕は濡れながら溶け、恐ろしい生命の爆発の、一つの固定されない固まりになる。水のように、僕は水から、僕は自分ではない何かに、自分ではもうない何かになり、一つの混沌として、よどみとして、僕は、そこから発生しようとするエネルギー、その深部を、僕は求める。僕はそれを求めて、もう一度、水になり、水の底から、粒子が水になる瞬間の、そこにある、何か、根源的な、何か、人間の理性を圧倒的に超えた、生物の、初めの、ささやかな、うずきを、僕はつかみ、一体化し、僕はその神秘の中で、何度も射精しながら、もう一度、自分の身体を使う。僕はそうなる。僕は水に帰る。よどみになり、混沌に帰る。そしてまた、そこから、僕はうずきによって、また、何かに。

……夜、僕はつらくなる。眠れない夜。どうしようもなくなる夜。自殺は、早朝に多いそうだ。それは理解できるような気がする。その夜をやり過ごしたら、また続いていけるのだろうか。

眠れなくて、つらい夜。そういう人達が集まり、焚《た》き火を囲み、同じ場所にいればいい。深夜から早朝にかけて、社会が眠っている中で、焚き火の明かりの元に、無数の影が集まればいい。そうやって、時間をやり過ごす。話したい人は話し、聞きたい人は聞き、話したくも聞きたくもない人は、黙ってそこにいればいい。焚き火は、いつまでも燃えるだろう。何もかも、憂鬱な夜でも。

……だめになってしまいたい。美や倫理や、健全さから遠く離れて。

恐い』

僕は真下のノートが送られてきた夜、読み終わり、そのまま、寮を出た。行き先は恵子のところではなく、閉鎖された遊園地だった。なぜ僕が遊園地に向かったのか、自分でもわからなかった。僕は服も着替えることなく、ゆっくりと、ただ遊園地だけを目指した。

真下のノートは、所々が破れていた。それは意図的のようでもあったし、発作的のようでもあった。真下がなぜ僕にこのノートを送り届けたのか、僕はその理由を判断できなかった。僕に対する怨恨《えんこん》のようにも思えたし、自分のことを知ってくれという、自棄《やけ》に似た感覚のようにも思えた。だがいずれにしろ、彼がノートを渡す相手を僕に決めたことだけは、確かだった。

僕は遊園地の錆《さ》びた柵の隙間から、中に入った。暗闇の中に浮かび上がる巨大な遊具は、その高さのある存在の全てで、自分を見下ろしているように思えた。だが、それは拒否というよりは、招き入れるような、許すような、そういう引力を含んでいるようにも思えた。いつもあらゆる建物や、風景が、自分には無関心に存在しているように感じていた僕は、この感覚を覚えておこうと思った。巨大なコーヒーカップの脇を通り、倒された看板をまたぎ、ゴミや鉄の破片を避けながら、奥へ奥へ歩いた。苦しげに、身体をくねらせたジェットコースターの残骸が、風に曝《さら》されていた。文字の読めないゲートを潜り、見上げると巨大な観覧車があった。僕は、真下のポケットから出てきた安全ピン、その円をつくった束状の鎖を思い出していた。風によって、観覧車のゴンドラが揺れていた。この観覧車は、この町で最も巨大なものだった。月の明かりを背に黒くそびえ、厳粛に、自分を高い位置から見下ろしているように思えた。

女の笑い声を聞き、同時に、二人の男の声が聞こえた。僕の心臓は高鳴り、腕の裏の筋肉が痙攣《けいれん》したが、この緊張は、自分が望んでいたものであるように思えた。僕はゆっくり声の方へ、その人影の方へ歩いた。半裸の女が、二人の男に抱えられていた。それは襲われているようにも見えたが、女は嫌がりながら笑い、二人の男は女の服を脱がそうとしていた。男は、田舎《いなか》の逸《そ》れた若者がよく着るような、派手なシャツを身に着けていた。僕は緊張で息が上手くできないまま、一歩ずつ、足を動かした。あの時、僕は自分の足が動くことで、自分の身体も動いていくことが、なぜか不思議なことであるように思った。二人の男が僕に気づいた時、自分が何かに吸い込まれたような気がした。女は僕を見ながら、「ほら人いるし」とまだ幼い声を上げた。

——なんだ。

——知り合い？

僕は、まだ何も言うべきではないと思った。自分が何を待っているのかわからないまま、ただ二人の男を見ていた。二人の男が広げたコートの上に女を下ろし、その片方が、僕に向かって歩いた。僕はその男の切れた唇の跡を見ながら、この顔は醜いと思っていた。男が僕の肩を押し、何かを言った。僕は胸が圧迫され、呼吸が乱れるのを感じながら、しかしまだ何も言うべきではないと思った。男は僕の襟首をつかみ、そのまま、草の生いしげった柵の前に、引きずるようにした。もう一人の男が、半裸の女の腕をつかみながら、近づいた。僕の様子を、女に見せるのだと思った。

——で、何？

——つーか、誰？

僕は、脱いだTシャツで身体を隠そうとする女の身体を見ながら、恵子の方が美しいと思った。

「お前らは、ゴミだよ」と僕は言った。

——あ？

「汚くて仕方ない」

目の前が暗くなり、少し遅れて頬に痛みが走り、倒れている自分に気がついた。僕は、自分の中に怒りが生まれるのを感じながら、立ち上がろうとし、耳を蹴られ、また地面に倒れた。女の笑い声が聞こえ、もう一人の男が付け加えるように自分の腹部を蹴った時、僕は、施設のベランダによじ登り、くやしまぎれのように飛び降りようとした時のことを思い出した。

僕は、自分の中にある勢いを使うように、男に身体をぶつけ、男と共に倒れた。僕の手の近くにある先の曲がった鉄パイプを握り、その手に力を込めた。その時、自分がこの落ちていた鉄パイプを、初めからずっと意識していたことを思った。それは数秒のことだったが、僕は自分を外から眺めるようで、視界が狭く、どうしようもなく、狭くなるのを感じた。倒れて腰を地面につけた男の頭部は、ちょうど僕の鉄パイプを待つように、僕の前に曝されていた。男の頭部は、柔らかい果物のように、頼りなく首の上に載せられているように思えた。胸から頭にかけて感情が突き上がるようで、僕はその憎悪の勢いのままに、鉄パイプを振り下ろそうとした。それは、しかしその男に対する憎悪ではなかった。真下をあのようにした真下の内部の混沌に対して、そして、真下を殺したような自分に対して、自分の中にある、正体のわからない揺らぎに対して、僕は振り下ろそうとしていた。僕はあの人のことを思い出し、自分のような子供が結局こうなったことについて、周囲からそう思われることに対しての、あの人の感情を思った。だが、あの時の自分に絡みついていたのは、そこから離れてしまいたいという、抵抗し難い何かだった。あの人の元から、この毎日の似つかわしくない生活から離れ、本来のふさわしい自分の中へ、入らなければならないのだと思った。この男の頭部を鉄パイプで打ち砕いた先にあるものが、自分を待っているのだと思った。僕は鉄パイプの確かな重さをかみ締めながら、振り下ろした。頭部を狙っていた鉄パイプは、だが僅かに角度がずれ、肩にあたった。僕は確かな骨の硬さに耐えながら、自分が故意に外し、まだ覚悟がない、だがすぐ次だ、と感じていることを意識した。だが、僕は彼の足に振り下ろしていた。その時、叫び声が聞こえ、それが痛がる男の声であると気づいた時、周囲の空気のざわめきが、一つの固まりのように僕の耳に入った。音、と思った時、僕は鉄パイプを投げ、動いていた。柵を乗り越え、全ての力を使い、僕は走っていた。そして自分が彼の頭部を打たなかったのは、勇気の欠如であり、客観的な道徳や倫理というよりは、柔らかなものに鉄の硬さをぶつけることに躊躇するという、反射に似た抵抗であったことを思った。僕は自分の中に渦巻く憎悪に似た感情をしずめようと走ったが、それを意識した時、もう自分は、この憎悪からひとまず離れているのだと思った。遊園地から出、民家の壁が見えた時、僕は足の力が抜けて座り込んだ。

自分が今、民家の近くのアスファルトの上に立ち、側には民家の囲いからはみ出た、だらしない草の束があるのだということ。目の前には自分の手があり、確かに身体があり、自分はものを考える存在として、今ここにいるのだということ。戻ってきたという意識はあの人への感謝を思い出させたが、しかし、僕はまだ、戻ってきてしまっているという感覚を残していた。そして、数分前までの自分は、どちらにでもなる可能性が確かにあり、偶然や加減によっては、今とは違う現実が用意されていたことを思った。僕は自分の中の相反した感覚を意識しながら、しかし自分は暴発することなく、この時期をやり過ごすのだと思っていた。だが、将来の自分が、どうなるかということまでは、考えが及ばなかった。

それから僕は、理由を見つけることができないまま、恵子と別れることになった。あの時僕の中にあったのは、恵子とはもう付き合うわけにはいかないという、彼女にとっては理不尽な、強迫観念に似た感情だった。その時恵子が何を考えていたか、僕はわかろうとしていなかった。高校を卒業し、僕が刑務官になってからしばらくして会い、セックスをしたが、恵子が歌のために東京に出た時、もう一度離れた。恵子がまたこの町に戻ってきたことを知ったのは、恵子が帰ってきてから、半年も経った後だった。

# 10

静寂を保った夜の舎房を、ゆっくりと歩いた。

微かに濡れた階段を上がり、僕は自分の靴音を聞きながら、山井のことを考えていた。真下の顔が浮かび、まだ見たことのない、自分の弟の顔が頭に浮かんだ。弟である可能性の高い、その想像上の彼は、いつまでも少年だった。彼らは三人共まだ幼く、成長の途中にあり、自分だけが歳を取っているように思えた。山井は拘置所に収容され、真下は川で死に、蒸発に巻き込まれたその弟の行方はわからなかった。僕は歩きながら、動いている自分の手足のことを思った。自分が今こうしてここにいることを考えながら、また彼らの顔を思い浮かべた。

山井は赤子の時、乳児院の正門前に、タオルに包まれた状態で放置されていた。段ボールにすら入っておらず、風邪を引き、病院に運ばれて命を救われていた。当時の医師達の努力がなければ山井は死に、そうであれば、山井に殺された二人の夫婦も、死ぬことはなかった。乳児院から児童養護施設に移される前に親戚に引き取られ、その家で数年にわたる暴力を受け、小学校を四年の途中から度々休むようになっていた。中学の時、暴力事件を起こし、逮捕された。歩行中の中年の女性に突然飛び掛かり、殴りつけ、噛むなどの暴力を加えたのだった。その時の調査で、彼が日常的に暴力を受けていたことが明らかになった。山井に暴力を加えていた親戚夫婦の供述では、山井は、ナイフを見せると過度に怯え、動かなくなるということだった。その親戚の夫婦は起訴猶予となり、実際に刑を受けることはなかった。山井は医療少年院に行き、そこで簡単な教育を受けた。その時、彼が小学校高学年レベルの漢字が書けないことや、計算も満足にできないことが明らかになった。調査のアンケートの中では、欲しいものに兄弟、とあった。

医療少年院での彼は、比較的落ち着き、大人しい少年として意識されていた。言われれば勉強もするようになり、十六歳で退院してから、小さな工場に勤めるようになった。だが、そこで人間関係のトラブルがあり、また彼は女性への突然の暴力で逮捕され、被害者は肋骨《ろっこつ》にヒビが入るなどの重傷を負い、再び少年院に収容された。今回の殺人事件は、彼がそこから出て、四ヶ月後に起こった。彼はその間、勤めることになった工場の寮から逃げ、物を盗みながら、誰かが乗り捨てていった廃車の中で生活していた。逮捕された時、彼は肺炎にかかっていた。

　彼が何度も収容されていた事実で、一部知識人から、なぜ更生できなかったのかという非難が上がった。彼らは当然のことながら部外者であり、山井をそれまで見たことも、共に過ごしたこともない人間達だった。山井は二人の夫婦の全身を、執拗に刺した。彼らが苦しんでいる時も動揺を見せず、彼らが死ぬのを見届けるように、いつまでも部屋に居続けていた。

　四階の独居舎房のトビラを開けると、静寂が一段と強くなったように思えた。真面目な竹下が、眠りに入っている。彼もようやく、この生活に慣れたのだと思った。彼は初犯ということもあり、執行猶予付きの判決が出ると思われていた。

　山井の独居房に近づくにつれ、胸が騒いだ。彼が起きていることが、気配でわかるように思えた。なぜか、包丁を手にした真下の姿が浮かび、中を覗《のぞ》くと、座り込んだ山井がこちらを見ていた。その目は僕の背後を見ているのではなく、明確に、僕に対して向けられていた。僅かな照明に照らされ、山井の影が壁に伸びていた。

「……どうだ」

僕は、彼にそう意味のないことを言った。彼に何を言えばいいのか、わからなかった。こういう時、あの人なら何を言うのだろうと思った。僕があの人になれないことに気づいたのは、もう大分前のことだった。

「気分、は?」

自分の声が、不自然に響いているような気がした。

「気分……。いいわけ、ないじゃないか」

「確かに、それはそうだ」

僕はそう言い、静かに息を吸った。

「弁護士が、うるさい。ああいう、上から見るような奴は」

僕は、彼が自ら喋っているのに気づき、この流れを変えないように意識した。

「俺もあいつは好きじゃない」

「……そうか」

「ああ」

遠くで、雨の音が聞こえた。

「気分が滅入《めい》ることがあったら、言ってくれ。薬とかもあるし」

「いらない」

「なぜ？」

山井は少し黙り、布団の中に足の先だけ入れた。

「薬は、嫌いだ」

僕は、なぜか汗をかいていた。昨日のアルコールの臭いを思い出しながら、鼓動が乱れていくのを感じた。彼の背後の影だけが、微かに動いた気がした。

「お前みたいに、言うやつがいた。……なんか、嫌な感じがするそうだ。風邪薬すらあまり飲まない。俺にも、なんとなくわかる」

「そいつ、どうしてる」

「何が？」

「その、薬が嫌いな奴」

「死んだよ。自殺した。俺のせいだ」

僕は、思わずそう口に出していた。汗が、いつまでも流れて仕方なかった。僕が額を指で拭うと、山井がそれをじっと見ている気がした。

「随分、昔だけどな」

「……死ぬ奴が悪い」

「……そういう考え方もあるけど、関係が深かったから、そうは思えない」

「……関係？」

「ん？　ああ、仲が良かった、ということだよ」

山井は、何かを考えるように下を向いた。僕はなぜか、彼の顔をじっと見ていた。

「そいつの、名前は？」

「名前？　妙なこと聞くな。真下だよ。真下宗久《むねひさ》」

「薬は……」

山井が、不意に話を戻した。

「頭が、ぼんやりする。そういうの、飲まされたことがある。……でも今は、はっきりとしたい」

「……はっきりと？」

「はっきりとして、待ちたい」

その時、突然下の階から叫び声が聞こえた。壁に何かが衝突する音が響き、トビラを叩く音、さらにもう一度叫び声が聞こえた。

僕は山井を一瞬見て、廊下を走った。階段を下りる時、遠くから別の刑務官達の足音が響いてきた。暗がりの雑居房で新嶋がうずくまり、新たに入所してきた後藤が複数の収容者に押さえつけられていた。主任と石島看守部長が駆け寄り、僕は部屋のカギをあけた。後藤が、意味のわからない言葉を叫び、押さえつけていた収容者を突き飛ばした。主任が後藤の首を押さえて倒し、石島看守部長が腰の上に馬乗りになった。僕は、頭がぼんやりとし、目の前の状況に集中することができなかった。後藤を懸命に押さえている主任を見ながら、不意に死刑のことを思った。

後藤を独居房に入れ、新嶋を医務課に運んだ。新嶋は、腹を押さえたまま動かなかった。そこまで酷くはないと思ったが、彼がこの調子を続ければ、病院へ運ばなければならない。痛みから気を逸らさせるために状況を聞いたが、彼は返事をせず、腹を押さえた手を緩めなかった。

「だから、何があった」

僕がしつこく、何度も言うと、新嶋は面倒くさそうに僕を眺めた。部屋は狭く、彼の体臭が鼻をついた。

「……あいつが、くだらねえことばかり言うから。部屋の主導権取りたかったんだろ。つまらない」

新嶋がタバコの素振りを示したが、僕は無視した。

「ああいう、初犯の若いチンピラが一番嫌いだ。……大体、こんな場所でいきがってどうする？　いちいち、しつこいんだ。そんなことも知らねえの？　そんなことも知らねえの？　って」

新嶋が、仰向けに向き直った。彼は今回執行猶予が付くことは考えられず、二年から五年の実刑と思われた。

「無視すればいいじゃないか。こんなことでトラブルを起こしてたら、刑務所じゃもたない」

「わかってる」

新嶋は三十四だったが、顔の皺《しわ》が深く、年齢よりも老けて見えた。

「あんたには、俺達みたいなのはわからんだろ。俺は中学だって満足に行ってない。今時こんな奴いるのかって、思ってるだろ……。そんな奴はたくさんいる。ふざけやがって。あとな、前科、てのがどんなにきついか、わかるか？　わかるわけねえよ看守は」

新嶋は喋りながら拳で薄いベッドを叩き、突然不明瞭な声を上げた。これほど取り乱した彼を、初めて見たと思った。

「ラベリング理論って言うんだ」

「は？」

「前科のレッテルを貼られた奴が、社会で上手く生きていけずに、また犯罪者になる。そういう学説だ」

新嶋は、僕を睨んでいた。

「俺は、そういうのが大嫌いなんだよ。偉そうに。教師みたいな奴らに、俺らのことがわかるわけねえじゃねえか。家で寝転んで、女とやりながら考えてるんだろ」

「見返せばいい」

不意に、あの人の顔が頭に浮かんだ。

「は？」

「だから、見返せばいい。そういう、ラベリングがどうしたとか言ってる奴らを。ああいう奴らの、思い通りになるな」

朝方、新嶋が激しい痛みを訴え、救急車を手配した。刑務官も同行しなければならず、僕は病院で、新嶋を見ていなければならなくなった。ここの収容者が酷い病気や怪我をした時、いつも世話になる大きな病院だった。仮病であると思ったが、仕方がなかった。病院に着くと、以前同僚だった刑務所の職員がいた。そして、そこに佐久間が入院していることを知った。

## 11

佐久間は二十五年の判決を受け、控訴が棄却され、刑務所に収容されているはずだった。彼のケースではいくら模範囚でも早く出られる可能性はほぼなく、確定時五十四歳であったから、七十九歳まで服役するはずだった。佐久間は精神に異常をきたし、体調を崩し入院ということだったが、僕は仮病であると思った。同僚の話では、彼は食事をほとんどせず、もう三度、この病院への入院を繰り返していた。

僕は心臓の鼓動が速くなり、共に同行していた石島有守部長に許可を取り、病院の外へ出てタバコを吸った。僕は新嶋の病状について考えようとし、自分達がいない間、勤務の範囲と時間を広げられる同僚達を思い浮かべた。佐久間は起訴後、僕の拘置所にまた収容されたが、当時の僕は停職を経て、庶務課に回されていた。理由をつけて会うことはできたが、僕は彼を避け続けた。彼はそれから、拘置所から遠くない刑務所に収容された。そうであるから、入院となれば、拘置所の時も入院したことのある、この病院に来るのは明らかだった。

戻るためエレベーターに乗った時、同僚が佐久間の部屋番号まで、僕に言っていたことを思い出した。僕は新嶋の部屋がある五階のボタンを押した後、自分でもよくわからないまま、佐久間がいる四階を押した。様子を見るというか、どのような部屋に入院しているかを確かめるというか、そういう理由を思い浮かべようとしていた。僕は乱れていく呼吸を意識しながら、自分が何をしているか、わからなかった。エレベーターが開き、患者とすれ違い、看護師とすれ違った。だが、それは医師であったかもしれず、佐久間であったかもしれないと思った。目の先の、緑色の床の一部を見ながら、僕は歩いていた。佐久間の状況を同僚に聞く、という理由を思いつき、部屋をノックした。顔を見せたのは、さっきの同僚だった。彼が笑顔で何かを言った時、視界の端に、佐久間の裸足の足が見えた。その足はいびつに曲がり、肉感に溢れ、無造作に膨らんだ五本の指が、窮屈そうに、植物のように醜く突き出ていた。僕は吐き気を覚えながら同僚を眺め、足が浮くような感覚の中で、自分を投げ出すように、中に入った。足の力がさらに抜けていくのを感じながら、「少し代わるよ」と不自然な言葉を出した。僕は同僚の表情が気になったが、彼は「助かる」と笑った。僕は彼の言葉の意味がわからなかったが、同僚は足早に、すぐ戻ると付け加え外に出た。僕の目の前には、寝ている佐久間の、膨らんだ身体だけがあった。

佐久間のベッドに近づき、彼の太い眉毛を見た時、心臓に鈍い痛みが走った。鼓動がどうしようもなく速く、僕は、自分がこれから何をすればいいのか、わからなかった。自分の身体を再び投げ出すように、僕は口を開こうとする。佐久間は寝た振りをするように目を閉じ、彼の醜く太い腕には、点滴の針が刺さっていた。

「仮病だろ」

僕は何かの反射のように言ったが、震える声を、どうすることもできなかった。佐久間は、僕の言葉に何の反応も示さなかった。太い眉毛の下で、小さく細い目が閉じられている。両側の頬が、不快な果物のように、醜く膨らんでいた。彼の名前を聞き、自らこの部屋に来たのに、彼が不意に目の前に現れたような、そんな気がしてならなかった。僕は、そのまま喋ることしか思いつくことができなかった。

「精神がどうとか、体調がどうとか。……全部出鱈目《でたらめ》だ。そんなに刑務所が辛いか。お前みたいな奴が死刑にならないなんて、今の刑法もどうかしてる」

点滴の黄色い液体が、一滴ずつ、半透明のチューブの中に落ちていった。僕はなぜか、その液体がこの床を少しずつ濡らしていくような、そんな気がしていた。遠くで配水管を流れる水の音が響いたが、それは拘置所で聞こえる音と酷似していた。錯覚だ、と僕は思った。

「全部聞いた。お前が俺のことを聞きだしていたのも、タバコを本当は、吸えないことも。……刑法が強姦を死刑にできないなら、俺がしてもいい。……たとえば、この点滴の速度を変えるとか」

佐久間は、しかし反応を示さない。目を閉じたまま、規則的な、だが意識しているかのような、微かな呼吸に胸を上下させていた。

「椅子か何かで、死ぬまで殴ってもいい。頭がおかしいなら、お前が襲い掛かってきて、身を守るためにやったたって言えるかもしれない」

佐久間が、ゆっくり目を開いた。彼の茶色く濁った目は強く、僕は息を飲んだ。その瞬間、彼の口元が、微かに動いた。それが笑みであると思った時、僕は、胸から頭へと何かが突き上がるようで、気がつくと、それを足から投げ出すように、ベッドを蹴っていた。金属が軋《きし》む音が響き、点滴の管が揺れ、佐久間の醜く膨らんだ身体と、ベッドが音を立てて動いた。僕は、今自分がベッドを蹴ったと思いながら、自分が否応なく放り出されたようで、どうしたらいいか、わからなくなった。僕は、さらに何かをしようとした。何かをしなければならないと思い、なおも乱れていく感情に自分を預けようと、声を上げようとした。だが、太い声が聞こえ、それが佐久間の声であると気がつき、その言葉が、「待て」という短い言葉であったことに気づいた。目の前に、佐久間が寝ていた。彼が再び、また不意に僕の目の前に現れたようで、呼吸が乱れていく自分をどうすることもできなかった。

「落ち着いて、くださいよ……。確かに、今は調子がいい。……でも、時々、気分がおかしくなるんです」

佐久間は、瞬《まばた》きをしていなかった。

「気分がおかしくなると、全身が痛くなる……。病気ですよ。私は」

「……お前は」

「嘘でも、本当でも、あなたには関係ないことです」

点滴の液体が、僕の目の前で動いている。

「本当に、久しぶりです。……あなたのことを、私はずっと覚えてました。私はあなたが嫌いじゃない。これは本当ですよ……若くて、正義感に溢れてた。いや、正義感に溢れてる、振りをしていた。……本当は正義感など、持ってないのに。

しかも、そうであるのに今の仕事をしていることに、気が咎めてまでいる……。

かわいいですよあなたは。いや、怒らないでください」

佐久間は、無防備に身体を曝《さら》しながら、しかし微かに動くこともなかった。

「……なぜ？」

僕は、思わずそう口に出していた。だが、自分が何を言おうとしているのか、わからなかった。

「……意味がわかりません。何がなぜなのか」

「……取りあえず、そのわざとらしい言葉遣いをやめろ」

「それも、あなたに関係ないことです」

駆けて来る足音が聞こえ、僕は緊張したが、それはこの部屋の脇を通り過ぎ、さらに遠くへ消えた。佐久間の声は何度も聞いていたはずなのに、初めて聞くように、僕の耳に不愉快に響いた。

「私は、あなたが嫌いじゃない。……それは本当です。妙なことですが、私はもう一度、あなたに会うだろうと思ってましたよ。……いや、会いたいとすら、思ってました。入院中に、あの拘置所から何かで職員が来たら、そしてあなただったら、私の部屋番号を知らせて欲しいと、付き添いに毎回頼んでましたから……拘置所にまた入った時、あなたは停職中だったし、庶務課にいたのでしょう? 会えなかったのが残念ですよ。……私はもう、刑務所から出ることはできない。脱走する力もない。人生最後の、後半です」

「死刑になればいい」

「少しだけ、私のことを教えましょうか。……人生最後の後半に。面白い、余興みたいなものですよ……。あなたが相手だと、とてもいい」

佐久間は、もう一度笑みを浮かべた。

「お前は、嘘しかつかない。そんなことより、俺はお前の仮病を、刑務所に知らせる。ちゃんと服役しろ」

「四十まで」

彼は、僕の言葉を無視した。佐久間の声は、まだ僕の耳に慣れなかった。

「私は普通の人間でした。……こんな顔だからもてませんでしたが、職を変えながら貧しかったが、それなりに生きていた」

彼は目を閉じ、ゆっくり呼吸した。彼の膨らんだ胸部が、微かに動いている。

「じっとしていた、と言ってもいい……。月に一度、風俗に行くのが楽しみでした。いい女に会えればいいが、そうでなかった時、それからの一ヶ月は最悪です」

「……嘘じゃないか。お前が色んな職場で金を盗んだり、トラブルを起こしてたのは知ってるんだ」

「でも……」

彼は、また僕の言葉を無視した。

「気がついたんですよ。四十の時、大きな病気をして、助かった時。……もう人生は、半分もないだろうと。自分の身体も衰えてくる。身体の衰えを考慮すれば、もう半分もないかもしれない……。元を取らなければ。虐げられてるばかりでなく、この世界に生まれてきたのなら、元を取らなければ」

「……なぜ、嘘ばかりつく？　お前に、そんな大病をした記録はない。もう黙れよ」

「まあ聞きなさいよ。余興なんだから」

僕はなぜか、佐久間の顔をじっと見ていた。

「倫理や道徳から遠く離れれば、この世界は、まったく違ったものとして、人間の前に現れるんです。まるで、何かのサービスのように。まあ私の場合、勇気を必要としましたけど。ちゃんと計画を練れば、簡単に捕まるものじゃない……。私は生まれた時から、性欲的な人間でした。小学校の一年の時から、自慰ばかりしていましたから。女のことばかり考えていた。性欲が強いんですよ。私の、唯一の特徴です。私は自分を解放しました。凄かった。人生が全く、別のものになった。風俗のように、同意のもとのセックスでは、もう興奮しなくなっていた。興奮。いいですか？　人生のキーワードは、興奮ですよ」

彼は何かを思い出すように、しばらく黙った。醜い顔を曝すように天井に向け、動かなかった。彼の記憶の中にあるものが見えるようで、僕は彼から視線を逸らした。

「初めて、女の部屋に忍び込んだ時……圧倒的でした。……ナイフを手にして、あの時の私の異常な興奮は、相手をさらに怯えさせたでしょう。自分が、自分の中にしっかり収まっていくような、生きている、と実感するような……。私は、そのような行為を、繰り返しました。そのためだけに生きた。自分を止めることも、止めようと思うこともなかった。……そして思いましたよ。さて、自分はいつ捕まるのだろうか。このサ、ー、ビ、ス、は、い、つ、ま、で、も、ら、え、る、ん、だ、ろ、う、か。……疑われたこともありましたよ。でもその時は、あなたも知ってる通り、猫を被ることができた。他人に対する態度を、演技することができた。演技は、続けることで、本当になっていく」

「……狂ってる」

「狂ってません。あの時の私は、狂ってはいなかった。頭の中は、理路整然です。あまりにもきちんとし過ぎていた、と言ってもいい」

僕は、誰かがこの部屋に入ってくることばかり、考えていた。

「私は母親を恨んでましたから。見事に捨てられましたからね。その反動でしょうか」

「お前に、そんな記録はない」

「……まあ聞いてください。余興ですよ。人生のおまけです。私からあなたへの、サービスですよ」

首筋から流れる汗を感じながら、目の前の点滴を見続けていた。遠くで水の流れる音が聞こえ、同時に、硬い金属がこすれるような、高い音が微かに響いた。

「あなたを見た時、惹《ひ》かれましたよ。私はあなたのようなタイプの人間が、大好きです。若く、ゆらゆらと、揺れている。自分に不満を持ち、自分を恐れ、人生に飽き、自分がいつまでこうしていられるかを、不安に思っている……根拠もないのに。いや、根拠は、あるかもしれない。いいですか。私のような人間に怒りを覚えるのは、無意識では自分の本質がこういう人間に似ているのを知っているから、その拒否を込めて、あえて意識がこういう人間に怒りを覚えさせる、という場合だってあるんですよ」

「滅茶苦茶な論理だ」

「あなたはどうなんでしょうね。何かの衝動、というよりは、むしろその先にあるものでしょうか。……あなたは、どちらかと言えば、こっち側の人間です。初めて見た時から、気がついていた。別に強姦になど興味はないだろうが、少なくとも、別の面で真っ当でないはずですよ。あなたは何かを、ずっと夢想してる。そうでしょう？　私は自分を常に分析してるから、他人のこともよくわかるんだ。何かをやらかして、あなたの全部を使い果たして、全てを終わらせた後にくる、何もないような状態、違いますか？　それは私にも覚えがあるんだ」

「からかうんなら、殺す」

「できません。あなたには。さっきも、私のベッドを蹴った時、あなたはそんな自分に戸惑っていた。ブレーキをかけていた。あなたはまだ、思い切ったことはできない……しかし、私という存在は、一体なんなのか。誰かに聞いてみたいですよ。……**なぜなら、こういう存在は、私だけじゃないから。誰か教えてくれませんか！　なぜこんな人間が存在するのか！　しかし、あなたのおかげだ！　あなたのおかげで最後に一人！　あなたがあの密書を、取り消してくれたおかげ**

だ！」

僕は佐久間のベッドを蹴り、彼の胸ぐらをつかみ、目眩《めまい》を感じながら、彼を殴った。点滴のチューブが外れ、それは蛇のように、僕の視界の端を切るように飛んだ。僕は彼をベッドから突き落とし、蹴り、馬乗りになった。だがその時、自分が何かに認められるためにそうしているような、そんな感覚を、拭うことができなかった。ドアが開き、看護師が僕を見つけ、何かの声を上げた。僕は腕を押さえられ、自分でもよくわからないまま、激しく息を吸い、吐いていた。佐久間が、狂ったように、幼い声を上げ、泣いていた。女の看護師が、彼をなだめようとしていた。「仮病だろ」と僕は叫んだ。なぜだかわからないが、彼にそれだけは肯定してもらいたいというような、自分にそう知らせて欲しいというような、そんな考えに囚われていた。だが、彼は幼い声を上げ続け、僕を見ることもなく、看護師になだめられ続けていた。彼が自分を拒否していると思った時、僕はなぜか、自分の記憶にない何か懐かしく不快な感覚を、微かに覚えた気がした。

# 12

軽い目眩を感じながら、目を開いた。

外の空気は冷えていたが、それは僕の身体の表面を覆うだけで、内部までは、いつまでも入り込むことがなかった。嘔吐《おうと》の感覚に吐き、座り込み、僕は入り交ざるネオンの光を、なぜか酷く眩しく感じた。足早に、通行人が、僕の側を通り過ぎる。僕は立ち上がろうとし、足に力を入れたが、実際に立つまでには、長い時間がかかった。ショットバーに入り、カウンターに身体を預けながら、ウイスキーを注文した。バーテンダーは僕を訝《いぶか》しげに見たが、何も言わなかった。このまま誰にも、何も言われない存在となったら、どうなるだろうか。考えようとしたが、頭が痛くなった。

あれから、僕は帰ってきた同僚と、石島看守部長に押さえられた。主任が駆けつけ、病院側に謝罪している時も、僕は馬鹿のように、佐久間が仮病であると言い続けていた。「穏便にすませる」と主任は言った。「謹慎ですむように、取り次ぐ。でも処分が決まるまで、出勤してくれ。人がいない」だが、もう僕には、関係のないことだった。僕は、この仕事を辞めるつもりだった。

何杯目かわからないウイスキーを飲み干し、何杯目かわからないウイスキーを注文した。高村から着信があったが、電話に出る気になれなかった。頭が冷え、身体が急激に、寒くなった。僕は店を出、路地裏に入り、何度か吐いた。吐いても、吐いても、アルコールは身体から出ていかなかった。あの人のことが頭に浮かび、何かの声が聞こえたような気がしたが、不意に消えた。結局自分はこうなるのだろうと、いつまでも思いを巡らしていた。拘置所にいる時より、普段の日常より、僕は現在の自分に、違和感を感じなかった。このアスファルトの冷えた温度と、散在している砂利と、ドロと、誰かが捨てていった濡れた弁当の容器やビニールの袋が、自分にしっくりくるように思えてならなかった。アルコールは、いつも自分を、どこかに移動させるように思えた。懐かしく不快な何かに、自分が砕け、溶けていくような気がしてならなかった。

一人の女が、僕を見ていた。国はわからないが、比較的整った顔をし、美しい身体をしていると思った。僕は、もう自分が数週間、セックスも、自慰もしていないことを思った。女は照れたように、マッサージであること、一万円であることを、僕に言った。女は、疲れてもいるようだった。

頰に水滴を感じ、それが雨であると気づいた。女は持っていた傘で僕を覆い、そのことにより、傘の上で、水滴の音が響いた。ネオンが、どんどんと霞んでいくように思えた。僕は五万払うと、彼女に言った。

「なに？」

「五万払うから、やらせてくれ」

「五万？」

地面が、少しずつ濡れていった。僕は座りながら女の立っている足をつかみ、少しだけ撫《な》でた。その時、あの海辺で女を抱えていた記憶が、浮かんだような気がした。

「頼むよ」

「え？」

「頼む」

女は、同意するように頷いた。僕を立ち上がらせようと、僕の腕をつかんだ。僕は静かに欲情していく自分に不安を覚えながら、女の指の感触を、意識し続けていた。

「ここから、近いところに、場所が」

「そこは嫌だな」

「嫌？」

「外でいい。……簡単に終わらせる。そこの、駐車場の、裏とかで」

女は戸惑っていたが、僕の身体に力が入っていないのを確かめるように、腕を握り、もう一度頷いた。僕は、女の手を引いて歩いた。雨が強くなり、アスファルトを濡らし、僕を濡らし、女を濡らしていた。僕は、自分が何をしようとしているのか、わからなくなった。彼女は、女だった。それは当然のことだったが、僕は彼女に女の性器があることを思い、その奥から、確かに子供が生まれるのだと思った。

駐車場の脇を抜け、ガードの下にある、うす汚い駐輪場に入った。僕はなぜか、そこに防犯カメラがないことを、ぼんやり思い浮かべていた。横から入る雨で、僕も、女も濡れている。女は不快そうな表情をしたが、僕について歩いた。僕は自分のコートを脱ぎ、下に敷いた。

「ここで」

「え？」

僕は女の身体を抱き、そのまま倒した。女は少し抵抗したが、諦めたように、力を抜いた。女の白い首筋に唇を這《は》わせ、胸に触れた。もう、どうでもいいと思った。

辺りは濡れ、無数の自転車の車輪の円が、四方を囲んでいた。僕は女のほつれたセーターを脱がし、下着を脱がし、濡れた肌に触れた。女が声を上げ、僕の首筋に、細い両腕を巻きつけようとした。僕はそれを払いながら、自分が何かに囚われているのに気づいたが、それが性的なものか、わからなかった。彼女のスカートを捲《ま》くり上げ、下着をずらそうとした。その時、僕の視界に、彼女の白い腹が見えた。

心臓の鼓動が、静かにざわついていた。彼女の腹は細く、中央の臍《へそ》が、美しく窪んでいた。僕は、自分はここから生まれ、この地上に出てきたのだと思った。入り込む雨で頰が濡れ、それが水滴となり、点を描くように女の白い身体に落ちた。周囲の濡れた車輪が気になり、それらが意志を持ちながら、今の自分を見ているような気がした。女の腹は滑らかに濡れ、美しく、柔らかな曲線を有していた。顔を近づけ、女の腹に触れた時、不意に嘔吐の感覚を覚え、指に力が入っていった。僕は、自分が何をしているのか、わからなかった。苦しげな声が聞こえた時、自分を何かに預けるように、女の首を絞めた。目の前が暗くなり、逃げようとする女を押さえながら、佐久間を思い、真下を思い、恵子のことを思った。自分が膝まで水に濡れ、動かない裸の女を抱えているように思えてならなかった。女の腹は白く、柔らかく、それは圧倒的なものとして、僕の目の前に存在し続けていた。僕は、腕に力を入れた。ここから何かが出てくることを、僕は押し留めようとしていた。自分が何かにもぐり込むような、元に戻るような感覚の中で、雨の音が耳に響いた。無数の車輪が頭上に、辺り全体に存在しているように思い、それらが全て濡れ、自分の二つの腕の全ても、同じように濡れているのだと思った。僕は腕に力を入れ、意識が遠くなるのを感じながら、嘔吐の感覚に耐えた。無数の草を肌に感じ、増えてくる水を感じ、女の身体を感じた。目の前が白くなり、円が浮かび周囲が揺れた時、不意に何かに押される力を感じた。自分が何かを越えたように思い、目を開いた。視界が狭くなり、両腕が濡れながら痺れ、力が抜け、僕は動くことができなかった。心臓の鼓動が、激しかった。そこには、まだもがいている、女の姿があった。女が僕を押し、僕はそのまま、自分の身体を離していた。僕はわからないまま、急いで走っていく女の、赤いコートの背中を見続けていた。僕は、自分がまだここにいると思いながら、目眩を感じ、そのまま倒れた。意識が遠くなるようで、さっきまでの自分が、どのような自分だったかを思い出そうとしながら、濡れたコートを手繰《たぐ》り寄せようとした。だが、それがどこにあるのか、わからなかった。

# 13

「自殺と犯罪は、世界に負けることだから」

あの時、あの人は、僕の頭をつかんでそう言った。まだ小さかった僕の頭は、あの人の大きな手によって、簡単に押さえつけられていた。僕の死を止めたのは、あの人の、その腕の力だった。僕は、施設のベランダから、飛び降りようとしていた。

僕は、死のうとしたわけではないと言い訳をしながら、あの人の脇を抜け、転びながら、走って施設の門から外に出た。庭で遊んでいた他の子供達が、一斉に僕のことを見ていた。だが、あの人は僕に簡単に追いつき、僕の腕を強くつかんだ。

あの人は、他の子供の視線から僕を守るように、そのまま施設の外を僕と共に歩いた。「あんな柵よく上ったな」と言い、演技というより、本当に感心しているような表情をした。川の側を歩き、小高い丘を背にした、狭い道を歩き、幾分寂れかけた、商店街を歩いた。あの人は口の中で何かを呟き、それから声に出して、喫茶店にでも行くか、と僕に言った。他の子供に秘密にすると約束させられ、喫茶店の中に入った。

　あの人はコーヒーを頼み、僕にはオレンジジュースと、ホットケーキを注文した。僕はそれまで、ホットケーキを見たことがなかった。食べろ、と言われたが、僕は黙っていた。食べたら何かに屈するような、そんな気がしてならなかった。

　しかし、目の前のホットケーキに、僕は囚われていた。あの人がトイレに行った時、僕はそれを急いで食べた。あの人がいない間に全て食べ、食器も下げればいいというか、そういうことを考えていた。だが、彼は途中で戻ってきた。さっきまで死のうとしていた子供がホットケーキを食べている姿に、彼は笑った。僕は怒りを覚え、食べるのをやめたが、あの人は「バターが、ほら」と言った。

「ホットケーキは、この四角いバターを伸ばして食べなければだめだ。これじゃ味がしない」

彼は、大きな手で、僕のホットケーキのバターを伸ばした。促されるまま食べると、さっきとは違う味がした。僕はそれを悟られないように、難しい表情をつくりながら食べた。彼はコーヒーを飲みながら、ここのコーヒーは見事にまずいと言って笑った。

施設に戻り、他の子供から隠されるように、僕は小さな部屋に入れられた。その部屋には、ボールや、いくつかの段ボール、雑につくられた、小さな腹話術の人形があった。夜になり、僕は布団に入りながら、自分がベランダの柵を越えた時の、あの地面との距離を思い出していた。遠い空間を隔てた先に、巨大な地面があった。圧倒的な存在感を持ち、自分を待つように、確かにそれは存在していたのだった。その地面と自分との距離の空間は僕を圧倒し、自分にはわからない混沌を漠然と感じて苦しく、恐ろしかったが、その中には確かな救いもあるように思えてならなかった。僕は、再び同じことをしようと考えていた。頭の中に海辺の記憶が浮かび、自分を圧迫するように、その記憶が浮かび、自分は恐怖を超えてあの地面に落ちなければならない、そうしなければならない人間であるという思いに、囚われていた。僕は、混乱を越えた疲労の中にあった。だが、その時突然、ドアが開いた。ノックもせずに、あの人がドアを開けたのだった。僕は驚き、ひょっとしたら、彼はずっと壁の向こうにいたのではないかと思った。ドアを塞ぐように立ったあの人の姿は、あまりにも大きく、力に溢れていた。僕はあの人の首の太さを恐れ、しっかりとした、広い肩幅を恐れた。僕はまだ小さい自分の手足を見、段ボールの側に、座りながら後ずさった。

「気分はどうだ」

あの人は、あの時そう言った。僕は何を言えばいいかわからず、段ボールの側で黙っていた。薄明かりに照らされたあの人の影は大きく、威圧感に満ちていた。静寂の中で、僕の微かな呼吸と、遠くから聞こえる何かのモーターの、震えるような回転音が響いていた。

「もう無理だぞ。ベランダは上れないようにしたから。……こういう眠れない夜は」

あの人は立ったまま、いつまでも座ろうとしなかった。知らない大人は、僕にとって、恐怖の対象でしかなかった。僕は、自分が泣くのではないかと恐れ、半ズボンから出た太股を裂くようにかきながら、それに耐えた。

「一つ話をするか。わからんかもしれんが」

あの人は立ったまま、タバコに火をつけた。喫茶店の時と同じ苦い臭いが、僕の鼻をついた。

「お前は……アメーバみたいだったんだ。わかりやすく言えば」

施設の外で、踏み切りの音が鳴り始めた。あの人の声は、響かないつくりの薄い壁の中で、内に籠もり、掠れていた。

「温度と水と、光とか……他にも色々なものが合わさって、何か、妙なものができた。生き物だ。でもこれは、途方もない確率で成り立っている。奇跡といっていい。何億年も前の」

僕は、ただ彼の大きい身体を見ていた。

「その命が分裂して、何かを生むようになって、魚、動物……わかるか？　そして、人間になった。何々時代、何々時代、を経て、今のお前に繋がったんだ。お前とその最初のアメーバは、一本の長い長い線で繋がってるんだ」

あの人はどこかにもたれることもなく、足を微かに広げたまま、いつまでも僕を見下ろしていた。

「これは、凄《すさ》まじい奇跡だ。アメーバとお前を繋ぐ何億年の線、その間には、無数の生き物と人間がいる。どこかでその線が途切れていたら、何かでその連続が切れていたら、今のお前はいない。いいか、よく聞け」

そう言うと、小さく息を吸った。

「現在というのは、どんな過去にも勝る。そのアメーバとお前を繋ぐ無数の生き物の連続は、その何億年の線という、途方もない奇跡の連続は、いいか？　全て、今のお前のためだけにあった、と考えていい」

遠くで、風に吹かれた薄い窓が、カタカタと鳴った。あの人はそのまま部屋から出たが、歩く足音は聞こえなかった。

小学生の高学年になった頃、僕はクラスに馴染めず、ほとんどを施設の中で過ごした。あの人は、しかし学校へ行けとは言わなかった。施設長のオーディオルームの中で、僕は算数のドリルや、国語辞典を並べていた。そのオーディオルームは、あまりにも汚く、狭かった。あの人がそう呼んでいるだけで、他の職員からは一般的に、物置部屋と呼ばれていた。

「これをどう思う?」

あの人は、僕にレコードを聞かせた。それは子供が聞くような音楽ではなく、クラシックや、ロックといった、ただ彼が好きなものばかりだった。あの時聞いたのは、今思えばベートーヴェンの、弦楽四重奏の十五番だった。ヴァイオリンやヴィオラやチェロの響きに、僕は何も感じることができなかった。僕は、わからないと、首を振った。

「お前は、何もわからん」

彼はそう言うと、なぜか笑みを浮かべながら椅子に座った。

「ベートーヴェンも、バッハも知らない。シェークスピアを読んだこともなければ、カフカや安部公房の天才も知らない。ビル・エヴァンスのピアノも」

あの人は、タバコのパックを指で叩いた。

「黒澤明の映画も、フェリーニも観たことがない。京都の寺院も、ゴッホもピカソだってまだだろう」

彼はいつも、喋る時に僕の目を真っ直ぐに見た。

「お前は、まだ何も知らない。この世界に、どれだけ素晴らしいものがあるのかを。俺が言うものは、全部見ろ」

僕は、しかし納得がいかなかった。

「でもそれは……、施設長の好みじゃないか」

「お前は、本当にわかってない」

あの人はそう言い、なぜか嬉しそうだった。施設には、図書館から借りたビデオや本が、いつも置かれていた。あの人がリストをつくり、子供達がそれを借りに行くのだった。

喧嘩をして呼び出された時も、あの人は僕は悪くないと学校に主張し、全てを両成敗とするのはおかしいと言い、恵子が入所して暴れた時も、引っかかれながらも笑い、いつまでも恵子に喋り続けた。僕がアダルトビデオを施設に持ち込んだ時は笑いながら取り上げず、田舎で広まっていたシンナーを知人から無理やり渡された時は、有無を言わさず取り上げた。恵子が万引きした時は酷く叱り、僕の、身体をかきむしる癖をやめさせた。熱が出た時はうつりたくないと看病に来ず、風邪くらいで寝るなと笑いながら僕を叱った。

僕は、あの人がつくったリストに、順番に触れていった。難解なものに出会うと、あの人に自分の意見を言い、長く長く、その作品について喋った。「自分の好みや狭い了見で、作品を簡単に判断するな」とあの人は僕によく言った。「自分の判断で物語をくるのではなく、自分の了見を、物語を使って広げる努力をした方がいい。そうでないと、お前の枠が広がらない」僕は時々、わかった振りをして、あの人に笑われることがあった。

中学が半ば過ぎた頃、僕や恵子は、入ってくる子供に勉強を教えなければならなくなった。恵子は子供にものを教えるのに長《た》けていたが、僕はいつまでも慣れず、年齢からくる施設での立場の変化に、戸惑っていた。保護される側から、保護する側へと、段々と変わっていくようだった。僕と恵子が表面的に落ち着き、田舎ということで入所者も増えず、施設の中は平穏だった。この施設と関係の深い、東京の別の大きな施設の施設長が死に、あの人は時々、手伝いに出かけるようになった。東京の施設は入所者が増え続け、問題も多く、あの人はその施設の改善を期待されていた。往復の新幹線の料金は安くなく、彼はあまりレコードを買わなくなった。

あの人が施設を留守にすることが多くなると、恵子は、不意に学校にいかなくなった。僕は恵子を大人びた口調で注意したが、彼女の気持ちはわかるような気がした。

僕は思春期に入り、自分の忘れかけていた混乱が大きくなっていくのに気づいたが、それをあの人に隠した。あの人を必要とする子供は、僕達だけではなかった。あの人は、しかし僕と恵子の中学卒業まで、この施設にいることになった。あの人は帰ってくる度に僕と恵子を呼び出し、その日にあった出来事を語らせ、僕には主に映画と本の話を、恵子には絵画と音楽の話をした。

「自分以外の人間が考えたことを味わって、自分でも考えろ」あの人は、僕達によくそう言った。「考えることで、人間はどのようにでもなることができる。……世界に何の意味もなかったとしても、人間はその意味を、自分でつくりだすことができる」

卒業式の日、恵子は酷く泣いた。卒業証書が順番に渡される中で、あの人は、保護者席の中央で、誇らしげに微笑んでいた。僕は、この日を最後に、あの人と離れなければならないことが恐かった。しかし、周りには、制服を着た同世代の人間達がいた。彼らに今後、見下されるようなことが、あってはならない。プライドの混ざった妙な意地の中で、僕は同級生達を見渡していた。

クラスメイト達とはあまり喋らずに、僕は恵子を残しあの人と帰った。通学路に咲き乱れた無数の桜は、ピンクというより、鮮やかな白に近かった。僕は、彼が最初に僕にくれた、あの三足の真新しい白い靴を思い出していた。「はき潰せばいい。靴はすり減らすためにある」あの時の靴の白は、この鮮やかな桜より鮮やかだと思った。

「僕は……」

そう言いながら、僕は泣けて仕方なかった。

「孤児でよかった」

「ん？」

「あなたに会えた」

あの人は、しばらく前から泣いていた。何度か頷き、ハンカチで目を拭くこともせず、ゆっくりと歩いた。僕の目線は、いつの間にか彼の顎の高さにまでなっていた。

あの人は東京に行き、僕達は手紙を書いた。彼が帰ってくる時に会ったが、僕は自身の混乱を悟られないように、彼には自分のよかったことだけを言い続けた。

高校を卒業してしばらく経ち、刑務官になると言った時、あの人は喜んだ。あの時あの人は、帰り際の僕の肩を、何度も叩いた。それは励ますには不自然で、まるで僕に少しでも触れていたいかのように、回数が多かった。

あの人は、小さい頃の僕がどうにかなりそうになる度に、何度も干渉し、終わりがなかった。

*

足の先に何かが軽く触れ、目を開けると、恵子がいた。

濡れたコートを抱えながら、僕は駐輪場の壁にもたれていた。雨は降り続け、恵子はベージュのコートを着込み、白い傘をさしていた。恵子は僕のかすんだ視界の中に立ち、僕は右手に、携帯電話を握っていた。コンクリートの地面に座り込んだまま、僕は恵子の姿を見続けていた。

「あの人が、今のあなたを見たら」

恵子は傘をさして立ったまま、動かなかった。

「……胸を張ると思うよ。問題があるかもしれないけど、ちゃんと仕事して、この歳までなって、ちゃんと生きてる」

駐輪場のすぐ横を、自動車が通り過ぎた。

「だから、身体に力を入れてなきゃダメなんだよ。自殺と犯罪は……」

雨は強く、いつまでも降り続き、僕の身体は冷たかった。さっきの外国の女の白い身体が、頭に浮かんだ。

「……俺が、母親を死なせたんじゃないかって」

「は？」

「そもそも、探してた人間が、弟じゃなかったとしたら……。俺が生まれた時、母親が、そのまま死んだんじゃないかって。……あの記憶は、本当は、そういうことなんじゃないかって。死んでいた女と、生まれたのに戸惑ってる俺と……。俺のせいで母親が死んで、だから俺は、捨てられたんじゃないかって。父親からの憎しみの対象として、俺は」

「関係ないでしょ？」

「……うん」

「そうだよ、関係ない。事実がどうだったとしても、もうここにいるんだから」

僕の下にはコンクリートの地面があり、その向こうには道路があり、川もあった。電信柱があり、マンションがあり、雨に濡れた林があった。そして今の自分も、この地面の上に、座り込んでいるのだった。

「あなたは……あの人になりたかったんだよ」

## 14

待機室に入ると、主任と目が合った。僕の処分の確定はまだだったが、停職二ヶ月になるだろうと、主任は判断していた。公務員の秘密主義の中で、僕の病院での事件は表に出ることがなかった。処分が確定し、来週総務部から別の職員が来るまで、僕は勤務を続けることになった。

僕は主任に礼を言ったが、まだこの仕事を続ける決心はなかった。意志に関係なく、この仕事を続ける状況の中に、自分を置こうとしていた。形のある習慣の中に、自分はいなければならないと思い続けた。

「手紙が来てる。なかなかの量だ」

主任は赤い目をぼんやりさせながら、箱に乱雑に入った手紙の束をつかんだ。近頃、また山井をテレビ局が報道していた。控訴期限を前に、山井の死刑の当然性と、控訴すべきでないことを訴える手紙ばかりだった。山井の担当弁護士は、インターネット上に公開していた自分の日記を、一時的に閉鎖していた。

「これなんか、論文調だ。相当偏ってるけどな……でも一番恐いのは、こういうのだ」

主任が開いた紙には、ただ一言「死刑になっちゃえ」と真ん中に書かれ、そのすぐ後ろに、（と）の記号でつくられた、携帯電話にあるような、怒っている人間の顔の形があった。

階段を上がり、独居舎房の廊下へ続くトビラのカギを開ける。遠くで水が下る低い震動と、収容者の咳と、僕の足音以外音はなかった。山井の控訴期限は、明後日だった。僕は山井の死刑について考え、あの人の顔が浮かび、一度は死のうとしてあの人にすくい上げられた、自分の命について思った。山井は控訴の気配もなく、夜中に起きているだけで、普段と何も変わりがないということだった。

他の独居房を覗いても、集中することができなかった。山井が起きているのを願ったが、自分が何を言うつもりなのか、どういう態度を取るのか、わからなかった。新しく入ってきた覚醒剤の常習者が寝ているのを確認し、意味もなく眺めた。その二つ先の独居房が、山井の部屋だった。僕は緊張していく自分を感じながら、静かに息を吸った。

山井は、いつものように壁にもたれていた。僕が見る前からこちらを向いていたようで、僕は不意を突かれた気がした。布団に足だけ入れ、長く伸びた髪をそのままに、灰色のトレーナーで、小さい身体を包んでいた。

「……どうだ」

僕は、山井の目に反応するように、そう言っていた。山井は座りながら僕を見上げ、ぼんやりしていたが、なぜか目に力があった。

「どうもない。でも、二週間は、早い」

山井は、僕から視線を外さなかった。配水管を下る水の音が近くで響き、僕は汗をかいた。僕は山井の部屋のトビラを、ゆっくり開けた。中に入ると、心臓の鼓動が痛みを感じるほど、速くなった。

「早いだろうな。……色々なことは、すぐ過ぎる」

「……うん」

山井はそう言い、髪をむしるようにかいた。その動きは奇妙なほど激しく、僕は息を飲んだ。

「なぜ……殺した？」

思わず、そう口走っていた。

「……何を？」

「いや……」

僕は自分の言葉に動揺したが、不意に何かが込み上げ、止まらなかった。真下が僕を非難する時の、開いた目が迫るように浮かんだ。

「なぜ、殺したんだよ」

僕は身体に力を入れ、息を吸った。哀願するように、威圧するように、僕は彼の目を見続けていた。鼓動が激しく、腕の裏の筋肉が微かに震え、流れてくる汗が、額の上で冷えた。

「……言う必要はない」

「……そんなことはわかってる」

山井は僕から目を逸らし、畳の床を見た。彼は僕と同じように、他人と視線を合わせることに、慣れていなかった。

「悪を、刻もうと思った」

「……漫画みたいな言い方はやめろ」

山井の身体が、少し動いた。

「おん……」

「ん？」

山井は、僕に視線を合わせようと、目を大きく開いた。その視線は揺れ、開いた唇が震えていた。僕は自分の鼓動がさらに速くなっているのを意識しながら、息を飲んだ。

「セ……」

「……え？」

「セックスがしたかった」

山井は壁から背を離し、座ったまま、前に手を置いた。彼は僕に問いかけるような表情をし、その灰色のトレーナーから伸びた彼の手のひらには、畳を押すように力が入っていた。

「それなら……」

「いや」

彼は口を開けたまま、いつまでも目を開き続けた。

「俺は、そういうところにいたから。俺は、そういう」

音のない冷えた廊下に、彼の声が残るように響いた。身体を乗り出し、山井が僕に近づいた。狭い部屋に敷かれた布団は乱れ、僅かな照明に照らされて影ができている。トレーナーから突き出た彼の手足は細く、血管が浮き出るほど、奇妙なほど白く見えた。

「昔から、生まれてから、殴られることにも殴ることにも、慣れてたから。あいつらが俺を殴る。でも俺は、猫とか、そういうのを殴る。俺はそういうのに慣れて、抵抗がなかったから」

彼は放心したように目をむき出しにし、さらに口を大きく開いた。

「……あの時、俺は、少年院から出て、工場の部屋から逃げ出して、車の中にいた。黒い車。林にあった、廃車。……寒くて、熱が出てた。……咳も、ずっと、止まらなかった。身体の力が抜けて、中にあった、毛布で身体をくるんだ……死ぬと思った。熱で身体が焼けるみたいで、でも寒くて、意識が掠れて、仰向けに倒れた。段々視界が霞んで、何かを言いたいと思った。その時に、車の窓の向こうに、月があった」

「……月？」

「そうだよ」

彼は問いかける表情をやめなかった。

「遠くに、月があった。……あんだけ遠いところに、月がある。それなのに俺はこんな風に、毛布の中で、ここで死ぬ……。恐かった。生まれて初めてだ。月は、俺に関心がない。なのに俺はここで、もうすぐ絶対に、一人で小さく死ぬ。宇宙があるのに、完全に一人で。暗いところで」

彼はもう一度、むしるように髪をかいた。

「そのまま、月を見ながら、気絶した。気がついた時、まだ身体は震えて、毛布の中にいた。俺は恐くて、車にいるのができなくて、そのまま、ドアから出た。……歩いた時、女がいたんだ。マンションに入っていく女。俺はその女を睨んだ。ふらふらと、後をつけた。どうしても、その女を、どうにかしたいと思った」

「相手は、お前と関係なく、生活して」

「だから」

山井は叫び、僕の顔を見続けた。

「俺は、そういう風だったから。俺はそういうことに、抵抗を、感じなかったから。俺は屑《くず》で、ゴミで、そうすることが、特別に何かということも、感じられなかったから。俺は、しまろうとするマンションのドアを見ながら、走った。ドアを開けた。女は買い物袋で、手が塞がっていた。……身体を触ったら、抵抗した。泣いたし、叫んだ。うるさかった。包丁が見えて、どこかを刺せば、大人しくなると思った。他人の意思とか、そんなことは……」

僕は平静を保とうとしたが、声が大きくなった。

「そんなことで、お前は」

「他人の幸福、それを尊重する、そんな習慣は。暴力をされることにもすることにも、俺はそんな風だったから。そうすることを思いついても、違和感を感じなかったから。女を刺したら、腹が立った。血が出たからだ。これじゃ、もう俺は、何もすることができない。結局、俺は女とは、血が多くなって、本当に多くなって、女が死ぬと思うと腹が立って、夢中で刺した。置いていくなとか、どうとか、何かを叫んだ。女が動かなくなった時、目の前のものが、急に飛び込んできた。身体が浮くみたいで、目眩がして、……頭の中に、言い聞かせるような、声が聞こえた。開き直れ、悪だ、そもそも、お前は屑なんだから。でも、だ、でも、その時、俺は恐ろしくなってしまったんだよ。なんで俺はここまで、女は動かない、もう最後だって。その言い聞かせる声を消すみたいに、俺は泣きたくなった。実際に泣いたかもしれない。それから」

「……夫か」

「男が、帰ってきた。俺は、見つかった、と思った。……そのことが、恐かった。刑務所に行くのがじゃない。死刑とか、そういうのが、恐かったんじゃない……死ぬのも、別に、恐いと思わなくなっていた。でも、なんでか知らないが、こういう状態を見られたことが、恐かった。……俺は、見た奴が、いなくなればいいと思った。消すには、女にしたことを、こいつにもすればいいと思った。一度刺して、はずみみたいに、何度も刺した。血は、もう恐いと思わなくなっていた。刺し終われば、もう終わってしまうと思った。刺し終わった後にくるものが、恐かった。でも、疲れて、続けることができなくなった。それで……それが来た。お前も、殺したらわかる。すごく、すごく、最悪な……。周りの風景から、全部から完全に離れて、完全に一人で、真っ黒などこかに、放り投げられる、凄い速さで、下に落ちる……、すぐ脇には、幸福そうな絨毯《じゅうたん》があって、テーブルの椅子には、フリルがついた、水色の座布団があって、冷蔵庫には……色んなマグネットがあった。リンゴや、キュウリの……。なのに俺はこんな、二人の人間は、こんな風になって、それは全て俺がして、俺がやって、死んで逃げるしかなかった。でも、死なずに、警察が」

彼は目をむき出しにしたまま、少し歪んだ自分の口を、喘《あえ》ぐように開け続けた。

「それで、死んで逃げるつもりなんだな。控訴しないで」

「違う」

彼は叫んだ。

「俺のことは、どうだっていい。やるべきことが、一つ残ってるからだ。死ぬことだ。俺を恨む社会の人間なんて、どうでもいい。そんな奴らは、本当は関係ないから。ただ、あの二人の親とか、知り合いは、俺が生きてるのは嫌だろ？　それが、俺の役割だよ。初めてだ。俺が何かの役割の中にいるのは。だから死ぬんだ。なるべく早い方がいい。大体、俺は元々」

「でもお前は」

僕は怒りが湧き、手で壁を打った。あの人の姿が頭に浮かんだ。

「確かに、お前の言うのはそうだ。お前が生きてると、辛い人間がいる。お前が死んだって元に戻らんが、お前の死を遺族が望んでるなら、せめて、残った人間を、これ以上不幸にする必要はない。お前は死ぬべきかもしれない。でも、でもだ、お前は生まれてきたんだろ？　お前はずっと繋がってるんだ。お前の親なんてどうでもいい。俺だって親はいない。一つ前のものに捨てられたからって、そんなことを気にする必要はない。俺が言いたいのは、お前は今、ここに確かにいるってことだよ。それなら、お前は、もっと色んなことを知るべきだ。お前は知らなかったんだ。色々なことを。どれだけ素晴らしいものがあるのか、どれだけ奇麗なものが、ここにあるのか。お前は知るべきだ。命は使うもんなんだ」

「だけど、俺は」

「いい、いいから、お前は控訴しろ。裁判でのお前の供述と違う。控訴してもお前の死刑は変わらない。でも事実を言わなければならない。事実を言ってから、死刑になれ。俺は死刑にはどうしても抵抗を感じるよ。死刑には色々問題があるのもそうだけど、人間と、その人間の命は、別のように思うから。……殺したお前に全部責任はあるけど、そのお前の命には、責任はないと思ってるから。お前の命というのは、本当は、お前とは別のものだから。でも今の状況はこうだし、どうあがいてもお前は死刑になるし、俺達はやるしかない」

僕はそう言いながら、涙が出た。

「お前は屑と言われてる。大勢の人間に死ねと言われてる男で、最悪かもしれない。でも、お前がどんな人間だろうと、俺はお前の面倒を見る。話を聞くし、この世界について色々知らせる。生まれてきたお前の世話を、お前が死刑になるまで、最後までやる。お前の全部を引き受ける」

「……なぜだ?」

山井は、そう言うと泣いた。

「そうしたいからだ。俺達は刑務官だ」

冷えた廊下の向こうから、配水管の籠もる音が聞こえた。薄汚れた山井は小さく、かきむしられた白い腕は、血が滲んでいた。

「昔……俺に色々と、教えた人がいる。お前も……。今度持ってくる。観たくなくても、読みたくなくても」

山井はうずくまったまま、動かなかった。

「……妙なことを聞くけど」

僕がそう言うと、山井は顔を上げた。

「女と寝たことは？」

「……ない」

「そうか」

それから僕はその場に座り、部屋の壁にもたれ、いつまでも山井を見ていた。

夜の独居房は暗く、辺りはいつまでも静かだった。山井は時々僕を見ながら、毛布が薄いと言った。僕はそれに対し、我慢をしろとか、気持ちの問題であるとか、そのようなことを言い返した。彼がこちらを向く度に、静かな声で、意味のないやり取りをした。山井が眠ったのは、それから二時間が経った後だった。

# 15

厚い雲が空を覆い、風が強くなっていた。雨は止んでいたが、雲に切れ目はなく、またすぐに降り始めるだろうと僕は思った。タバコに火をつけ、ジム・ホールのアルバムをかけたが、恵子が嫌がったのでやめた。彼女は僕の部屋に来たが何も買ってこず、僕が笑ってそのことを言うと、あなたは停職中で、別に病気になったわけじゃないからと普通に答えた。

「引っ越すの？」

恵子は、乱雑に置かれた本やＤＶＤの束を見ながら、そう言った。

「違うよ。探してるんだ。色々いるし」

恵子はぼんやり本を手に取り、適当に置き、また別の本を手に取った。恵子は白いセーターに黒いスカートを穿《は》き、クッションの上で、少し足を崩していた。僕は何もないと思いながら、冷蔵庫を開けた。

「今、『出口なし』を読み返してる。サルトルのね……、相変わらず、素晴らしいよ」

冷蔵庫には、ミネラルウォーターしかなかった。恵子はしかし、僕が出すものに初めから興味がないようだった。

「汚れてるからまた買おうとしたんだけど、今は売ってないんだ。買う人もあまりいないんだと思う。もう出ないのかな。図書館くらいでしか、もう読めないのかもしれない」

僕が振り返ると、恵子がこちらを見ていた。

「でも、それで別にいいんじゃないかって思うんだよ。最近は」

「……なんで？」

恵子はそう言い、テーブルの上の本を見た。

「それが素晴らしいからだよ。これは、ちゃんと、素晴らしかったんだから。何も悪くないんだから。読む人は読むし、それでいいんじゃないかって」

恵子は何かを考えるように絨毯を眺め、僕のタバコに火をつけた。白い煙が、螺旋《らせん》のように天井へ上がっていた。僕はそれを見ながらミネラルウォーターを飲み、自分が喉が渇いていたことに気がついた。

「……お前の歌、俺は好きだよ。ちょっとヘレン・メリルみたいだけど、ちゃんとオリジナリティもあって、浸れるし」

「うん」

「東京で色々あったと思うけど、それでいいんじゃないかって思うんだ。お前の歌は、ちゃんと素晴らしかったんだから」

恵子はタバコを吸いながら、僕を見た。

「でも、もういいんだよ。これ以上続けると、わたしは辛い。色々考えちゃうし、疲れたし」

「うん、それでいいよ。ちゃんと素晴らしかったんだから。ここにもクラブくらいあるから、気が向いた時歌えばいい」

　強くなった風が、窓をカタカタと揺らす。小さい羽虫がその窓の震動で弾かれ、あてもなく飛んだ。恵子の携帯電話が鳴ったが、なぜか彼女は反応しなかった。恵子は僕を見、息を吸った。

「そういえば、施設長が帰ってくるよ」

「……え？」

「東京から海外の団体に行って、こっちに戻ってくるって。歳だからね。こっちでまた働くみたい」

　僕は、鼓動が少し速くなった。

「会いにいけばいいじゃない……、きっと喜ぶよ」

「うん」

　僕はそう言い、ＣＤラックにもたれた。あの人の姿が浮かび、僕は壁を眺めた。

「あのさ……、二人で、近くに引っ越さないか」

「は？」

「……丁寧に、組み立てていこうと、思うんだよ。生活を、一つ一つ。色々な責任を負って、自分の周りに、囲いをつくって」

恵子は僕を見ることなく、タバコを吸い続けていた。

「……わたし、結婚するんだよ」

「だから、それを解消してさ」

僕がそう言うと、恵子は笑った。

「あなたのそういうめちゃくちゃなところは、施設長に似てるよ」

＊＊

あなたが停職になってから、一か月がたちました。ニュースでみたかもしれないが、ぼくは控訴して、ぼくがいうことを、整理している。弁護士はやめたので、国選の人がつくことになる。でも、勝つためでないから、そんなことは関係はない。

この手紙は、もし出すとしたら、主任が弁護士にわたしてくれる。手紙を書くことをすすめたのは、主任でした。拘置所では、手紙を書くことが、しゅうかんみたいだ。ぼくは、でもあなたくらいしか、書く相手を思いつくことができない。手紙を書くと、自分ではない人間が書いているようで、気もちがわるい。でも、こう書くと、なんだかおちつく。

ぼくは女性を殺し、男性も殺した男です。夜、ねむることは、とてもできそうにない。今すぐ、死んだほうが、いいと思うときもある。でも、控訴をして、できごとを語ってから、ぼくは死刑になるべきだと思う。主任から、死刑という制度がどういうものか、いろいろ聞いた。でも、ぼくには、それにたいして何かを言う、そんな権利はない。人を殺してしまえば、その時点で、その人間の言うことにせっとく力はなくなるように思う。死をいしきするとねむれませんが、ねむれないということも、みがってだと思う。とくに夜は、毎日、うかぶ。苦しんでいた、血があふれた女性と、男性の顔が、うかびます。それは、ぼくがしたことです。このぼくが、全部、やったことです。

あなたにもらった本を、少しずつ、読んでいます。昔の作家や、現代の作家のがあると、主任が言っていた。「ハムレット」を読んだけど、むずかしくて、わからないところもあるが、主任が説明してくれるので、もう一回、読んでみる。だけど、ぼくは人を殺した男で、そのような人間が、本を読んでいいのかと、思うことがある。こういう夜を、本を読んですごしていいのかと思うと、今すぐ死にたいと、そういう気もちになる。でも、どのような人間でも、芸術にふれる権利はあると、主任が言ってくれた。芸術作品は、それがどんなごく悪人であろうと、全ての人間にたいしてひらかれていると。

この前、主任と看守部長がとくべつに、ＣＤを聞かせてくれた。あなたが用意したものだと、言っていた。ぼくは、それを聞きながら、動くことができなくなった。バッハという人の、『目覚めよと呼ぶ声が聞こえ』。すばらしいものがあるといったあなたのことばの意味が、わかったような気がした。いろいろな人間の人生の後ろで、この曲はいつも流れてるような、そんな感じがする。本当は、大きなパイプのオルガンで、もっと大きく、演そうされるらしいです。それを聞けたら、どんなにいいか。でも、そういうすばらしいものをあじわうことを、うばったのも、ぼくだ。あの人たちの全部をうばったのはぼくで、そう思うと、やはり、ぼくは今すぐ、死にたいと思う。でも、ぼくは、死ぬまでのあいだ、ぼくがえられなかったものを、ぼくが本当はどういう思いで生きて、どうすれば今とちがう人生を歩めたのかを知ってから、死のうと思う。だけど、こういう夜は、きついです。じっさいに出すかどうか、わかりませんが、手紙を書いていると、少しだけおちつく。人を殺していなければ、あの人たちが、ぼくに殺されていなければ、どんなことだろうと、ぼくはやっていけると思う。そして、そういうふうになやむことさえ、ぼくにはみがってなのです。なやむ権利は、ぼくにはない。苦しむ権利も、泣く権利も、ないのかもしれない。なのにときどき泣けて、どうしても、泣けて、しかたないときがある。

もどってきたときは、この手紙のことは、わすれてください。何回も書きなおしてるので、もう何まい紙をつかったか、わからない。これも感情的なので、出さないほうがいいと思うのだが、きりがないので、出すことにします。

ぼくには兄弟はいませんでしたが、あなたが兄だったら、と思う。だけど、これは、かってな意見です。

二〇〇八年　一月九日

山井隆二

# 文庫版あとがき

この小説は、僕の六冊目の本になる。

水というものを、物語に、文体に、溶け込ませるように書いた。水は命も連想させる。小説の中の様々な場面で、雨も多く降っている。

山井の「月」のイメージは、『月の下の子供』という短編と共に、後に『王国』という小説に繋がっていくモチーフにもなった。

この小説の様々な部分が、僕の個人的な部分に属する。あるインタビューで思わず言ってしまったことなので書いてしまうけど、たとえば物語に出てくる夢の原風景は、実際に僕が幼少の頃悩まされていたイメージそのままでもある。混乱の多い子供だった。今こうやって大人になったのを不思議に思うくらいに。

他にもそういう部分が色々と書かれている。僕にとって、この小説もまた特別なものになった。

この本に関わってくれた人達、そして読んでくれた全ての方々に感謝する。僕はいつも読者の方々に支えられてきた。本当にありがとう。共に生きましょう。

二〇一二年一月一五日

中村文則

# 解説

又吉直樹

門外漢である自分が優れた作品の巻末に文章を寄せることなど恥じ知らずの極みである。せめて上手《うま》く書いたように取り繕うしかないと思ってみても凡人の限界など知れている。不器用な装飾が却《かえ》って公になり失態を晒《さら》すだけだ。だから、今回は覚悟を決め、恐れず正直に書きたいと思う。

中村文則さんは特別な作家だ。小説という概念が生まれて以来、様々な作家が人間を描こうと多種多様な鍬《くわ》を持ち土を垂直に掘り続けてきた。随分と深いところまで掘れたし、もう鍬を振り下ろしても固い石か何かに刃があたり甲高い音が響くばかり。その音は人間の核心に限りなく迫るものがあったし、人間の心に訴える強力な力もあった。そこで今度は垂直に掘り進めてきた穴を横に拡げる時代に突入した。それに適した鍬が数多く生まれた。そうしてできた変わった形態の穴は斬新と呼ばれたりもした。新しいものは新鮮でとても愉快だ。だが愉快と充足を感じる一方で何かを待望するような飢餓の兆《きざ》しを感じはじめてもいた。

そんな世界に於《お》いて、中村文則という稀有《けう》な作家はこれ以上掘り進めることはできないと多くの人が諦観するなか、鋭く研ぎ澄まされた鍬を垂直に強く振り下ろし続けていた。そして、固い岩に少しずつ鍬を食い込ませていく。

あくまでも小説というものは複合的な要素が組み合わさって無限の可能性を生み出す表現形式だと思うのだが、他ジャンルの芸術やエンターテイメントと比べ、小説だけが独占的に持つアドバンテージが一体どこにあるのだろうと考えた時、人間の精神内部で発生する葛藤《かっとう》や懊悩《おうのう》や混沌《こんとん》に対して、より鋭敏に緻密に繊細に迫れる点こそが小説の魅力だと自分は思っている。中村文則さんは作品のなかで執拗に人間の暗部や実体に正面から向き合い、文学と呼ばれるものの本質に真っ向から対峙し一歩もひこうとしない。そんな小説家としての佇《たたず》まいに強く強く惹《ひ》かれるのである。

『何もかも憂鬱な夜に』を僕は何度も何度も繰り返し読んだ。決して軽く読み進められる代物《しろもの》ではない。そんな深刻な物語のなかで、主人公が育った養護施設の恩師、そして過去の天才達が残した鑑賞可能な芸術、これらが錯乱した世界に強い光をあてている。影があれば必ずどこかに光はある。この小説は闇からも光からも「命」という根源的なテーマに繋《つな》がっていて、その陰影によって「命」が立体的に浮かび上がってくる。命は尊いと誰もが理屈では理解しているのだが語ると忽《たちま》ち陳腐に聞こえることがある。この小説がそこに陥らないのは闇と光の両面から対象に肉薄しているからだろう。

主人公が児童施設で施設長の恩師から言われた言葉がある。

「これは、凄《すさ》まじい奇跡だ。アメーバとお前を繋ぐ何億年の線、その間には、無数の生き物と人間がいる。どこかでその線が途切れていたら、何かでその連続が切れていたら、今のお前はいない。いいか、よく聞け」

**そう言うと、小さく息を吸った。**

**「現在というのは、どんな過去にも勝る。そのアメーバとお前を繋ぐ無数の生き物の連続は、その何億年の線という、途方もない奇跡の連続は、いいか？　全て、今のお前のためだけにあった、と考えていい」**

この言葉は強力なリアリティーをもって僕の心に差し迫ってきた。

更に成長し刑務官になった主人公が死刑囚の山井《やまい》に言った言葉である。

**「人間と、その人間の命は、別のように思うから。……殺したお前に全部責任はあるけど、そのお前の命には、責任はないと思ってるから。お前の命というのは、本当は、お前とは別のものだから。……」**

どうだろう。命について考えた時、僕はこれしかないと思った。これこそが真理だと思った。太古から続く生命の連なりの一端に自分が存在していると考えれば、それだけで生きる意味はある。己という存在を越えて「命」そのものに価値があると言って貰《もら》えると随分心強く感じた。

真下《ました》がいろいろな悩みを書き連ねたノートには僕も思い当たる節がある。

「何かになりたい。何かになれば、自分は生きていける。そうすれば、自分は自分として、そういう自信の中で、自分を保って生きていける。まだ、今の自分は、仮の姿だ。」

「こんなことを、こんな混沌を、感じない人がいるのだろうか。善良で明るく、朗らかに生きている人が、いるんだろうか。たとえばこんなノートを読んで、なんだ汚い、暗い、気持ち悪い、とだけ、そういう風にだけ、思う人がいるのだろうか。僕は、そういう人になりたい。本当に、本当に、そういう人になりたい。これを読んで、馬鹿正直だとか、気持ち悪いとか思える人に……僕は幸福になりたい。」

僕も思春期の頃、納得のいかないことや悩みをノートに書いていた。僕も真下と同じように自分を特別な存在であると夢想する気持ちに反して、それを実現するだけの才能が無い、という齟齬《そご》に悩まされた。どうせ才能が無いのなら、自分を脅かす何かに気付いてしまう神経も無ければいいのにと思いながら、ただただもがくしかなかった。

　この作品の中で、主人公も主人公の恩師も再三芸術を鑑賞することの必要性をといている。僕もノートに日々のあれこれを殴り書きしていた頃、小説を読んだり、音楽を聴いたり、漫才を見たりした。そういうものに触れると活路が開かれる時があった。今でも苦しい時は小説を読んだり音楽を聴くようにしている。山井が主人公に宛てた手紙にこのような言葉がある。

「**どのような人間でも、芸術にふれる権利はあると、主任が言ってくれた。芸術作品は、それがどんなごく悪人であろうと、全ての人間にたいしてひらかれていると。**」

　山井はバッハの『目覚めよと呼ぶ声が聞こえ』という曲を聴いて、「**いろいろな人間の人生の後ろで、この曲はいつも流れてるような、そんな感じがする。**」と書いている。もし真下が芸術作品の洗礼を受けていたら何か違っていたのだろうか。

　芸術作品と関わる部分で、もう一つ大好きな場面がある。もう本屋に置かれていないサルトルの『出口なし』を引き合いに出して、主人公が恵子《けいこ》に「世の中の需要」＝「作品の素晴らしさ」ではないということに言及する場面は創作を生業《なりわい》とする者の端くれとして感動したし励みになった。

この作品を読んで、自分の分身のような真下に共感し、恩師や主人公の『命』の捉え方に共鳴した。この小説は僕の内部に深く深く浸透し思春期の頃まで遡《さかのぼ》り僕を根底から救ってくれた。思春期の頃からしこりのように残っていたわだかまりを融《と》かしてくれた。それはこの小説がその頃の僕をただの気持ち悪い奴《やつ》として見捨てたりしないからだ。同じ場所まで降りてきて光をあててくれるからだ。

主人公は最も古い記憶として、海にいる自分が全裸で死んでいる女に何かをしようとしているという記憶を持つ。これは何を示唆しているのか。具体的には明言されていないので、読み手が自由に解釈していいのだろう。皆さんはどのように解釈しただろう。

生きているとフラストレーションの固まりのようなものに全身を覆われて身動きが取れなくなる時がある。そんな時に叫びたい衝動に駆られたことはないか。

急に叫んだら変な奴だと思われるから我慢するのだけど、大声で叫び自分の周囲にある鬱陶しい膜のようなものを破り裂きたいと思ったことはないか。あれは何だろうと考えたことがある。生まれようとしているのかなと思ったことがある。人間が叫びたい時、それは自暴自棄になっているのではなく、生まれようとしているんじゃないかと思ったことがある。そうだったら良いなと思った。人間の人生最初の咆哮《ほうこう》は産声《うぶごえ》である。

生きてると苦しいことはある。今後も何もかも憂鬱な夜はやってくるかもしれない。だが、必ず目覚めよと呼ぶ声が聞こえる朝がやって来ると信じたい。この小説は僕にとって特別な作品になった。中村文則さんの作品が読める限り生きて行こうと思う。

この作品は、二〇〇九年三月、集英社より刊行されました。

# 集英社文庫　目録（日本文学）

中村勘九郎　勘九郎ひとりがたり
中村勘九郎他　中村屋三代記
中村勘九郎　勘九郎日記「か」の字
中村　計　佐賀北の夏
中村　計　勝ち過ぎた監督 駒大苫小牧 幻の三連覇
中村　計　甲子園が割れた日 松井秀喜5連続敬遠の真実
中村　航　夏休み
中村　航　さよなら、手をつなごう
中村修二　怒りのブレイクスルー
中村文則　何もかも憂鬱な夜に
中村文則　教団X
中村佑子　マザリング 性別を超えて〈他者〉をケアする
中山可穂　猫背の王子
中山可穂　天使の骨
中山可穂　サグラダ・ファミリア〔聖家族〕
中山可穂　深爪

中山七里　アポロンの嘲笑
中山七里　TAS《タス》 特別師弟捜査員
中山七里　隣はシリアルキラー
中山美穂　なぜならやさしいまちがあったから
中山康樹　ジャズメンとの約束
ナツイチ製作委員会編　あの日、君とBoys
ナツイチ製作委員会編　あの日、君とGirls
ナツイチ製作委員会編　いつか、君へBoys
ナツイチ製作委員会編　いつか、君へGirls
夏樹静子　蒼ざめた告発
夏樹静子　第三の女
夏目漱石　坊っちゃん
夏目漱石　三四郎
夏目漱石　こころ
夏目漱石　夢十夜・草枕
夏目漱石　吾輩は猫である(上)(下)

夏目漱石　それから
夏目漱石　門
夏目漱石　彼岸過迄
夏目漱石　行人
夏目漱石　道草
夏目漱石　明暗
奈波はるか　天空の城 竹田城最後の城主 赤松広英
鳴海　章　幕末牢人譚 秘剣 念仏斬り
鳴海　章　求めて候 幕末牢人譚 弐
鳴海　章　凶刃 累《かさね》之《の》太刀《たち》 幕末牢人譚 参
鳴海　章　密命売薬商
鳴海　章　ゼロと呼ばれた男
鳴海　章　ネオ・ゼロ
鳴海　章　スーパー・ゼロ
鳴海　章　ファイナル・ゼロ
鳴海　章　レジェンド・ゼロ1985

集英社文庫

何《なに》もかも憂鬱《ゆううつ》な夜《よる》に

2012年2月25日　第1刷
2024年12月15日　第26刷

定価はカバーに表示してあります。

著　者　中村文則《なかむらふみのり》

発行者　樋口尚也

発行所　株式会社 集英社
東京都千代田区一ツ橋2-5-10　〒101-8050
電話　【編集部】03-3230-6095
【読者係】03-3230-6080
【販売部】03-3230-6393（書店専用）

印　刷　大日本印刷株式会社

製　本　大日本印刷株式会社

フォーマットデザイン　アリヤマデザインストア　　マークデザイン　居山浩二


ISBN978-4-08-746798-7 C0193